유성의 연인 2

유성의 연인 ^{2}

임이슬 장편소설

네오
픽션

차례

초파일 화희

初八日 火戲

1.

미르를 본체만체하는 휘지와 그런 휘지의 싸늘함이
서러워 고양이 눈으로 봉구를 바라보는 미르 때문에 봉
구는 요새 머리가 복잡해 돌아가시기 일보 직전이었다.
셋이서 어깨를 맞대고 별 구경을 해본 적이 언제였을까.
신분의 귀천을 내려놓고, 성별의 차이를 극복하고, 자그
마한 세 잔의 차와 하얀 백설기 몇 덩이를 주전부리 삼
아 마루에 앉아 밤새 담소를 나누던 것이 엊그제 같은
데…… . 봉구는 휘지가 글을 읽고 있을 골방의 문풍지를
뚫어지게 바라보았다. 불쌍한 도련님, 저리 자신을 속이

고 누르느라 얼마나 아프실꼬. 마음 같아서는 당장에 미르 아가씨를 데려다가 그 옆에 꽁꽁 묶어두고 싶지만 그건 제 주인이 바라는 바가 아니었다. 봉구는 며칠 전부터 열심히 깎아 만든 대나무 등대를 사립문 옆 땅에 꽂아 넣으면서 등 뒤의 미르를 돌아보았다. 마루에 힘없이 걸터앉아 휘지의 방문만을 하염없이 바라보는 미르의 모습은 며칠 사이 야위고 초췌해져 있었다. 훤한 대낮이라 문풍지에 그림자도 새겨지지 않는데 망부석처럼 몇 시간이고 그 자세 그대로 앉아 있었다. 그 모습이 또 안쓰러워 봉구는 하늘을 올려다보았다.

'하긴, 저 선녀님이 무슨 잘못일꼬. 아직 어려서 세상 물정을 모르니 우리 도련님 하시는 것이 야속하기만 할 테지.'

봉구는 미르를 지나쳐 부엌으로 들어가 준비해두었던 꿩의 깃털을 가지고 나와 등대에 묶었다. 하도 가까이 스쳐 지나가는지라 미르도 봉구의 기척에 퍼뜩 정신을 차리고 사립문 옆으로 다가왔다. 매양 하얗고 생기발랄한 아가씨인 줄로만 알았는데 이 아가씨도 잠을 설쳤는지 눈물 고랑에 먹빛이 물들어 있었다.

"봉구 씨, 내가 뭐 도울 일이 없을까요? 도령 아침 먹은 이후로 아직 아무것도 먹지 않았는데 내가 차라도 들여갈까요?"

봉구는 마침 일을 마치는 대로 휘지에게 다상을 들여갈 참이었는데 미르가 일손을 거들어주겠다니 반가운 마음이 앞서 활짝 웃으며 뒤돌아보았다. 하지만 이내 얼굴을 고쳐먹은 그는 미르에게 다상 대신 물들여놓은 비단 조각을 가져와주길 부탁했다. 차는 자신이 들여가는 것이 좋으리라. 안 그래도 힘겹게 견뎌내며 미르 아가씨를 멀리하는데 도와드리지는 못할망정 초는 치지 말아야 하니까. 미르는 몇 시간 만에 떠올린 묘책이 실패로 돌아가자 잔뜩 실망하여 흙먼지를 일으키며 뒤뜰로 걸어갔다.

"아기 부처 태어나신 광명한 날, 동네방네 어린아이 손에 손을 잡고 연등 만들고자 우르르르 몰려나오네.

석가모니 말씀하셨네. 아이들을 사랑하고 자비를 베풀라고,

작년에 왔던 어린 아가들이 죽지도 않고 또 왔네.

연등회 비용을 보태주지 않으면 온 고을, 온 거리 떠나가도록 북 치고 장구 치고, 소리 지르며 야단법석을 떨렵니다.

연등회 비용을 보태주지 않으면 아침에 일어나 서당을 가지 않을 것이요, 점심에 아비를 따라

소몰이를 하지 않을 것이요, 야밤에 잠을 자지 않고 버틸 것이요."

벌써부터 호기呼旗*를 하는지 동네의 악동들이 한데 모여 괴상한 가면까지 뒤집어쓰고 이 골목 저 골목을 행진했다. 대장으로 보이는 녀석이 긴 장대를 들고 행렬의 맨 앞쪽에 서서 우렁차게 노래를 부르면, 뒤에 서 있는 아이들이 일제히 후창을 했다. 연등회 비용을 보태주지 않으면 심한 장난을 치며 지나가지 않겠다고 으름장을 놓는 코찔찔이 아이들의 모습이 어쭙잖아서 어른들은 그저 귀여울 따름이었다.

"거 쌀이나 곡식 좀 적선해주십시오."

등대에 소나무 걸대를 걸치고 있던 봉구와 눈이 마주친 소년은 철면피를 깔았는지 맡겨놓은 것도 없으면서 대뜸 손을 벌렸다. 조그만 녀석이 거구의 봉구를 보고도 쫄지 않고 턱을 빳빳이 들고 있었다. 어린애치고 제법 맹랑하여 봉구는 생글 웃으며 쌀바가지를 받아다가 인심 넉넉하게 퍼주었다. 미르도 뒤뜰에서 고개를 내밀고 아이들 소리가 나는 문간 쪽을 바라보았다. 아이 하나가 미르의 푸른 눈과 마주치자 호기심과 두려움이 동하여

---

* 호기: 사월 초파일 연등회를 앞두고 어린아이들이 쌀과 베 등을 얻어다가 연등회 비용으로 쓰는 것. 일종의 걸립(乞粒).

움찔움찔 오도 가도 못했다.

"우와, 진짜 푸른색 눈깔이오. 우리 어멈이 귀양장이 집에 푸른 눈깔 소저가 산다 하더니 참말이네, 참말이라. 우리 어멈 하는 말이 누이가 이무기라 눈깔에도 바닷물이 들어 있어 그리 푸르다 하던데 짭고 따갑지 않소?"

갑자기 달려온 아이가 미르의 소매를 붙든 바람에 그녀는 손에 들고 있던 비단을 바닥에 떨어트리고 말았다. 다시 주울 새도 없이 아이들이 달려와 천진난만한 질문을 던져대니 미르는 정신이 쏙 달아나는 것만 같았다.

"내 눈에 바닷물이 들어 있다고? 아닌걸. 내 눈이 푸른 건 하늘이 담겨 있어서 그래. 자꾸 헛소문으로 누이를 괴롭힌다면 이 푸른 눈에서 천둥 번개가 나갈 것이다! 요놈들, 이리 와봐. 어디 보자. 어느 장난꾸러기부터 번개 맛을 보여줄까."

미르는 우울했던 것도 잠시 접어두고 아이들과 어울려 마당을 소란스럽게 뛰어다녔다. 봉구도 실로 오랜만에 사람 사는 냄새가 나는 듯하여 가만히 등대에 기대어 미르와 아이들이 뛰노는 광경을 바라보았다. 아이들 다루는 솜씨가 어찌나 좋은지 호기하던 것도 잊고 아이들이 한참을 초가집에서 벗어나질 못했다.

"이놈들, 시끄러워 서책을 읽지 못하겠구나. 조용히 하지 못하겠느냐."

휘지가 방문을 벌컥 열더니 미간에 주름을 잡고 점잖게 호통을 쳤다. 아이들은 휘지에게서 훈장의 모습을 보았는지 순간 몸이 굳어 멈칫하는가 싶더니 쏜살같이 와르르 몰려 나갔다. 여기저기 팽개쳐놓았던 장대와 북을 챙겨 사립문을 빠져나간 아이들은 다음 집 앞에서 똑같은 노래를 부르며 다시 걸립을 시작하였다.

한편, 아이들과 작당하여 소란을 피우던 미르도 휘지의 등장에 가슴이 놀라 평상에 그대로 굳어버렸다. 휘지는 도망가는 아이들의 뒤꽁무니를 바라보더니 방에서 나와 신을 신기 시작하였다. 말을 못하는 벙어리도 아니면서 냉기만 풀풀 풍기던 그는 미르를 향해 성큼성큼 다가왔다. 점점 가까워지는 휘지 때문에 미르는 침을 꼴깍 삼키며 두 주먹을 불끈 쥐었다. 한 발짝만 더 다가오면 둘의 사이는 더 물러갈 곳도 없을 만큼 가까워졌다. 미르의 심장이 두방망이질을 쳤다. 대체 이게 얼마 만인가. 미르는 휘지가 드디어 마음이 풀렸나 기대하며 그의 다음 행동을 유심히 기다렸다. 그는 한 발짝을 더 내딛으려다 뒤로 물러나더니 미르 쪽으로 고개를 숙여 그녀의 발밑에 떨어진 비단 조각을 주웠다.

"초파일 등대에 매달 비단 조각에 이리 흙을 묻혀서야 되겠느냐. 깨끗이 털어 다시 달도록 하거라. 봉구야, 나는 잠시 마실을 다녀올 것이니 집 잘 보고 있거라."

허망하게도 미르의 기대는 보기 좋게 빗나가고 말았다. 휘지가 다가가고자 한 것은 미르가 아니라 그녀의 발밑에 떨어져 있던 비단 조각이었다. 그런데 왜 이리 목이 메는 걸까. 잠깐 그와 눈이 마주친 것 같았는데……. 칼바람 부는 것은 자기면서 두 눈은 왜 저리 서글플까. 사립문을 벗어나 시야에서 멀어져가는 휘지의 뒷모습을 바라보며 미르는 서러운 마음에 눈물을 훔쳤다. 대체 뭐에 토라진 것일까. 내가 잘못한 것이 있는 것일까. 아니면 이제 내가 귀찮고 무거운 짐이 되어 덜어내고 싶은 것일까. 눈도 마주쳐주지 않고 말 한마디도 받아주지 않는 휘지가 원망스러워 미르는 온 동네가 축제 분위기에 젖어 있어도 외로이 슬픔에 흐느꼈다.

미르가 태어난 곳은 이 땅이 아니었다. 미르가 살아간 시간은 이 시대가 아니었다. 그녀가 지금 이곳에 존재한다는 사실, 그 자체가 불균형과 어긋남, 탈선과 이탈 그 자체였다. 원래대로라면 그녀는 휘지가 있는 조선 땅에 존재해서는 안 될 인물이었다. 엄연히 그들은 다른 시간과 다른 공간에서 각자의 삶을 꾸려나가야만 하는 사람들이었다. 결코 만날 수 없는 사이. 그래서일까? 어느새 휘지의 눈에 그녀는 투명한 무無, 존재하지 않는 허상이 되어버린 것일까? 미르는 그런 생각을 할 때면 끔찍하게 외로워서 몸서리를 쳤다. 내가 좋아하는 사람. 내가 의지하는 사람. 나를 바라보지 않는 사람. 나를 상대도 해주지 않는 사람. 나쁜 사람. 매정한 사람. 그래도 좋은 사람. 이제는 떠나라고 해도 그 사람 때문에 차마 발길이 떨어지지 않는 사람. 지금껏 미르를 지탱해주던 이정표는 정휘지라는 사내였다. 그런데 그런 휘지가 자신을 무시한다는 것은 미르에게 있어서 존재의 부정과도 진배없는 것이었다. 여기 있어선 안 될 사람, 이방인. 미르는 하루에도 몇 번씩 가슴이 찢겨져나갔다. 그에게 있어 여인이 되고자 하는 욕심까지도 내어본 적이 없었다. 그를 우러러보는 꽃 같은 수연만 보아도 휘지는 미르가 넘보아서는 안 되는 고결한 사내였다. 그렇기에 미르는 단 한 번도 그의 마음을 얻겠다고, 혹은 그를 매혹시켜보겠다는 불측한 마음을 품지 않았다. 아니, 실은 매일 밤 그에게 있어 단 한 명의 소중한 여인이 되었으면 하고 바랐다. 하지만 부질없는 짓이었다. 날마다 미르에게 있어 휘지의 자리가 커가는 것에 반해 휘지에게 있어 미르의 존재는 털끝만큼도 중요하지 않게 돼버렸다. 미르는 갈 곳을 잃어버렸다.

평상에 멍하니 앉아 있는 미르에게 봉구는 연등 만드는 법을 가르쳐주었다. 수심이 깊을 때에는 머리와 가슴은 죽은 듯 내버려두고 손을 바삐 움직여야 하는 법이다.

"거기 그 살에 종이를 붙이십시오. 종이는 아가씨께서 원하시는 색으로 바르시면 됩니다."

"아…… 예."

여전히 정신은 다른 곳에 두고 있는지 미르의 손길이 서툴렀다.

"아가씨, 등을 왜 만들고 있는지 안 궁금하시오? 다른 때 같았으면 벌써 골백번도 더 귀찮게 물어보고 그랬을 터인데. 왜 안 물어보십니까?"

"별로…… 궁금하지 않네요. 왜 그런 건데요?"

봉구가 계속 말을 걸어주자 미르는 마지못해 질문을 했다. '엎드려 절 받기'라고, 봉구도 그런 상황이 어색하여 어찌할 바를 모르겠으나 어찌되었든 마음 아파하는 청춘이 눈앞에 있는데 어찌 모른 척할 수 있겠는가. 그는 괜히 수선을 떨며 알은체를 했다.

"곧 있으면 초파일이 오지 않습니까. 원래 초파일에는 이렇게 가족 수에 맞추어 저녁에 직접 만든 형형색색의 색등을 저기 등대에 걸어두는 풍습이 있지요. 모두의 안

녕을 부처님께 비는 그런 저녁이 됩니다요. 나중에 깜깜
한 어둠을 밝히는 골목 여기저기의 색등을 보면 아가씨
는 아주 강아지처럼 팔짝팔짝 뛰어다니실 것입니다요."

축 처진 미르의 기운을 북돋아주기 위하여 일부러 과
하게 밝았다. 미르도 그 마음을 아는지라 애써 말간 표
정을 잃지 않았다. 차라리 봉구의 말처럼 휘지 대신에
다른 일을 떠올리는 것도 좋은 방법이리라. 그녀는 손에
쥐여진 노란 종이를 연등의 살에 정성 들여 바르기 시작
했다. 이 노란 등이 어둠을 밝힐 때쯤에는 부디 휘지가
자신에게 환하게 웃어주기를.

"고마워요, 봉구 씨."

미르의 고맙다는 말에 별로 한 것도 없는 탓에 겸연쩍
었는지 봉구는 뒤통수를 벅벅 긁었다. 꼼짝없이 둘의 중
간에 끼여 힘든 것은 봉구도 마찬가지일 텐데 그는 순박
한 웃음을 유지하려 노력했다. 아마 봉구가 없었다면 진
즉에 미르는 마음이 괴로워 말라비틀어졌을지도 모른
다. 그녀는 조그맣게 한숨을 쉬며 평상 옆에 뉘어져 있
는 비단 조각을 바라보다가 자신의 작은 손에 쥐어보았
다. 흙먼지를 털어내던 그의 깔끔한 손길과 온기가 아
직도 남아 있는 듯했다. 곁눈질로 미르를 살피던 봉구가
그녀의 손에서 비단 조각을 빼냈다. 스르륵. 너무나도

쉽게 그녀의 손아귀에서 빠져나가버리는 비단 조각. 봉구는 그것을 제 수박만 한 손으로 탁탁 털어내더니 등대 쪽으로 성큼성큼 걸어가 마저 매달았다. 실바람에 색이 고운 비단 조각들이 남실거렸다. 미르는 눈을 감고 바람이 들려주는 소리를 들어보려고 귀를 기울였다. 귓불을 감싸며 잔잔하게 흘러드는 소리에 가슴의 소란이 진정되었다. 봉구는 고요히 앉아 있는 미르가 현실감 없게 느껴져 슬그머니 일어나 입맛 다실 것이라도 가져다주러 부엌으로 들어가보았다. 언젠가 훌쩍 떠나버릴 것 같은 위태로움이 미르에게는 있었다. 도련님도 아가씨를 볼 때마다 그것을 느끼곤 하실 테지. 봉구는 이번 초파일에 달 연등에 무슨 소원을 빌 것인지 조용히 가슴속에 새겨 넣었다.

"실례합니다. 미르 아씨, 춘심입니다."

사립문을 열고 낯익은 얼굴의 여인이 들어와 고개를 조아렸다. 도호부사 댁 몸종인 춘심이었다. 미르는 등을 만들던 손을 멈추고 맑은 미소를 지어 그녀를 맞이하였다.

"오랜만이네요. 예희 아씨와 수연 아씨도 잘 계시지요?"

"예, 저희 아씨들이야 무탈하십니다. 소저께서도 그간 무고하셨는지요?"

"저도 별 탈 없이 잘 보냈습니다. 그런데 무슨 일로 오셨는지요?"

춘심의 목소리를 기가 막히게 알아챈 봉구가 부엌에서부터 달려 나와 물 한 바가지를 내밀었다. 그렇지 않아도 갈증을 느끼던 차였는데 춘심은 물 한 바가지를 벌컥벌컥 달게 받아 넘긴 후 입 주변에 묻은 물기를 소매로 슥 닦아내곤 제 주인의 말을 전했다.

"다름이 아니옵고, 저희 아씨들께서 이번 초파일에 함께 절에 가서 불공을 드리는 것이 어떠할지 소저의 의사를 여쭈어보라 하셨습니다. 음식 준비 역시 소박하게나마 도와드리고 싶다 하시는데 어떠십니까?"

미르는 지금의 착잡한 심정으로 수연을 만나고 싶진 않았다. 자신이 어떤 얼굴을 하고 있을지도 감이 잡히지 않는데 대번에 수연에게 속내를 들키는 것은 아닌가 하고 괜스레 긴장이 되었기 때문이다. 수연과 예희는 지구에 와서 처음으로 사귄 허물없고 친절한 벗이었다. 그런데 미르는 수연이 휘지를 연모하고 있다는 것을 뻔히 알고 있으면서도 제 가는 마음을 붙잡지 못했다. 그녀는 그들을 배신하고 있다는 죄책감에 둘의 낯을 볼 면목이 없었다. 그렇게 한동안 아무 말도 하지 않고 생각에 잠겨 있으려니 춘심이 목을 빼고 손가락을 꼼지락대며 그녀의 대답을 채근했다.

"저는 그러니까, 좋지요. 예, 함께 가겠다고 전해주셔요."

마음과는 다른 말이 나왔다. 미르는 자신의 말을 물리고 싶었지만 이미 입 밖으로 나온 말은 거둘 수 없었다.

"그럼 지금 차비를 하셔서 저와 같이 가시지요. 저희 아가씨께서 소저를 꼭 모셔 오라 하셨습니다."

미르의 말이 끝나기 무섭게 춘심이 사립문 쪽으로 신호를 보내자 어디에서 나타났는지 가마꾼들이 등장했다. 봉구가 무슨 일이냐며 묻자 춘심은 태연한 표정으로 어깨만 으쓱할 뿐이었다. 미르는 거의 쫓기듯 방 안으로 들어가 겨우 옷만 갈아입고 도로 마당으로 나왔다.

"어……디를 가는 것인지?"

"가보시면 압니다. 저도 상전이 시키는 일을 하는 것뿐이니 깊게 캐물으셔도 아무것도 안 나옵니다요. 그냥 일단 가보시면 알게 됩니다. 그러니 그만 가마에 오르시지요. 그리고 봉구 너는 예서 집을 지키고 있으렴. 너희 집 아가씨 위험한 곳으로 모시는 것 아니니 걱정하지 말고, 사내가 갈 만한 곳이 못 되니 대기하고 있어라."

봉구가 가슴에 잔뜩 바람을 집어넣어 빵빵하게 부풀리며 위협적인 자세를 취하자 가마꾼들이 지레 쫄아 움츠려들었다. 춘심이 그것을 보고 핀잔을 던졌다. 미르는 불안한 가슴으로 가마에 올랐다.

"미르 아가씨."

"걱정하지 말고 초파일 준비나 해주셔요. 다만 제가 없어서 홀로 그 많은 일을 해야 할 것이 마음에 걸리네요."

"당치도 않으신 말씀입니다요. 이까짓 것 소인이 혼자 다 해도 상관이 없으나 아가씨 행선지를 알 수가 없으니 감히 보내드려도 될는지 모르겠습니다."

"지금 봉구 네 말은 우리 아씨들을 믿지 못하여 그런 것이냐? 쓸데없는 걱정 말고 넌 여기 있어라. 내가 어련히 미르 소저를 잘 모시지 않겠니?"

춘심이 신경질을 부리더니 가마꾼들에게 눈짓을 보냈다. 미르는 꽃가마에 올라타 목적지도 모르는 곳을 향해 이동하기 시작했다. 가는 내내 어디로 가는지를 알지 못하여 미르는 연신 가마에 난 창을 열었으나, 그때마다 춘심이 가마 옆에서 창을 닫아버리는지라 전혀 공간을 지각할 수가 없었다. 상냥하기만 하던 춘심이 살짝 날이 서 있어 미르도 긴장의 끈을 놓지 못하고 옷섶에 달린 노리개만 꼬옥 쥐었다. 시전을 지나 사람의 인기척이 모두 사라진 정적 속의 숲을 지났다. 가끔 새들이 지저귀는 것으로 보아 가까운 산의 숲길인 것 같았다. 잠시 뒤, 사람들이 웅성거리는 소리가 가까워지더니 가마가 멈추고 지면에 닿았다. 가마의 문이 열리면서 햇살이 미르의 눈을 강타했다. 제대로 뜨지도 못한 눈으로 검은 사람 그림자가 보이더니 덥석 미르의 손을 붙잡고 가마에서 일으켜 세웠다.

"오랜만입니다. 그간 고생이 많으셨다고 들었습니다. 여기까지 오시는 길에 불편함은 없으셨는지요?"

예의 산뜻하고 생기 넘치는 목소리의 수연이 미르의 두 손을 잡고 맑게 인사말을 건넸다. 수연의 뒤에서 예희도 고아하게 웃고 있었다. 햇살에 눈이 익숙해졌는지 미르의 시야에 풍경이 들어오기 시작했다. 미르가 서 있는 주변에는 많은 가마꾼들이 가마의 옆에 서서 주인들을 기다리고 있었고, 그들의 앞쪽으로는 어마어마한 숫자의 돌계단과 웅장한 일주문이 버티고 서 있었다. 미르는 오늘이 초파일도 아닐진대 절에 와 있는 영문을 몰라 멍청한 눈으로 뻐끔뻐끔 수연을 쳐다보았다. 수연은 익살맞게 한쪽 눈을 찡긋하더니 입을 열었다.

"오늘이 초파일은 아니지만 요새 저와 언니는 매일 절에 와서 불공을 드리고 있답니다. 절실하게 바라는 바가 있고, 그것을 이루기가 사람의 마음과 힘만으로 불가능하다면 신의 힘을 빌릴 줄도 알아야지요. 과연 소원을 들어주실진 모르겠지만 한 가닥 희망이 있다면 잡아야

하지 않겠어요? 미르 소저께서도 같이 들어가서 부처님
께 소원도 빌고, 제가 긴히 드릴 청도 있기에 예까지 모
셨습니다. 괜찮으시지요?"

　명랑한 목소리와 웃는 입에도 불구하고 어딘가 싸늘
한 눈매였다. 미르는 벌써 제 속을 들킨 것 같아 도둑이
제 발 저리는 심정으로 수연에게 계속 고개를 조아리고
있었다. 불편한 낌새를 알아차린 예희가 헛기침을 하며
둘을 돌계단으로 이끌었다. 한 발 한 발 내딛는 동안에
도 수연은 뭐라고 열심히 떠들어댔지만 미르의 귀에는
전혀 들리지 않았다. 점점 가까워지는 목탁 소리에 그녀
는 등줄기가 서늘해졌다. 사천문과 불이문을 지나자 사
찰의 마당과 탑돌이를 하는 사람들이 눈에 들어왔다. 예
희와 수연은 대웅전 쪽으로 올라가 댓돌 위에 당혜를 벗
어놓았다. 미르도 그 뒤를 따라 신을 벗고 법당 안으로
들어갔다. 서너 명의 부인들이 염주를 손에 두르고 석가
모니를 향해 절을 올렸다. 미르는 무엇을 어찌해야 할지
몰라 고개만 두리번거리며 법당 안의 상황을 살폈다. 예
희가 방석을 가져다가 미르의 앞에 놓아주었다.

　"갑자기 아무 예고 없이 모셔서 미안해요. 우리 아가
씨 지금 제정신이 아니셔서 남의 상황까지 고려하질 못
하네요. 내가 우리 아가씨 대신 사과드릴게요. 그간 안

녕하셨지요? 이리 방석을 앞에 깔고 손등을 아래로 가게 해서 부처님께 진심을 다해 절을 하면 돼요. 앞쪽을 향해 세 배, 왼쪽으로 틀어서 세 배, 오른쪽으로 틀어서 세 배씩 하면 됩니다. 바라는 것을 간절히 염원하면 부처님께서 진심을 알고 굽어살펴주실 거예요."

미르의 옆에 바짝 다가온 예희가 살포시 속삭였다. 일일이 신경 써주는 것이 고마워 미르도 고운 미소로 응대했다. 미르는 마음을 다잡고 거대한 불상을 향해 무릎을 꿇었다. 세 분의 부처께서 미르를 내려다보고 있었다. 인자한 눈빛의 문수보살과 보현보살, 그리고 진중하신 석가모니. 미르는 불현듯 두려움이 일어 그들의 눈을 제대로 바라보지 못하고 기계적으로 머리를 조아렸다. 곁에서 수연도 오래도록 무릎 꿇은 자세를 풀지 못하고 엎드려 있었다. 그녀 역시 심란한 마음에 몸까지 무거워져 오랜 시간을 공들여 부처께 하소연했다. 그이의 마음에 내가 들어갈 수 있기를. 내가 그분의 지어미가 될 수 있기를. 아무도 모르는 사이 수연은 대웅전 법당 안에서 소리 죽여 흐느끼고 있었다.

"미르 소저께서는 무엇을 빌었습니까?"

절을 마친 후, 사찰에 마련된 작은 방으로 이동한 미르 일행은 우려낸 차를 한 잔씩 손에 받치고 담소를 나누었다. 절에 기거하는 보살이 방금 만들어낸 다식을 곁들여 먹으라며 상에 올려주었다. 수연은 차를 홀짝이더니 미르에게 대뜸 무슨 소원을 빌었느냐고 질문했다. 미르는 당장 대답하지 못하고 우물쭈물 말을 아꼈다.

"오라버니와 봉구, 그리고 저까지, 셋 아무 탈 없이 화목하게 잘 보낼 수 있게 해달라 빌었습니다."

"그렇습니까? 저는 제발 아버님께서 저를 김문혁 그자에게 시집보내지 말아달라고 빌었습니다."

수연이 담담하게, 그러나 힘 있게 강조하여 말을 내뱉었다. 예희는 숨을 죽여 찻잔을 바라보았다. 미르는 수연의 고백에 깜짝 놀라 고개를 들어 그녀의 수척해진 얼굴을 바라보았다. 여전히 눈처럼 뽀얗지만 창백하게 질려 있는 수연의 낯빛은 주체하지 못할 슬픔을 겨우 억누르고 있는 모습이었다.

"시집이라니요? 수연 아가씨께서 시집을 가신단 말입니까?"

"말 그대로지요. 혼기에 접어들었으니 아버지께서 누구에게라도 저를 시집보내시려는 것입니다."

"애기씨, 그걸 말이라고 하십니까? 아버님께서는 아가씨를 내쫓으려 하시는 것이 아니라 단지 아가씨께서……."

예희가 맥이 빠져 말끝을 흐렸다. 미르는 이게 무슨 상황인가 싶어 눈치만 살폈다.

"언니, 그게 그 말입니다. 아버지께서는 제 속내를 다 알고 계시면서도 그리 심술을 부리시는 것이니 저를 내쫓고 싶어 그러하시는 것으로밖에 보이지 않습니다."

"하오나……."

"듣기 싫습니다. 언니, 언니마저 제 편을 들어주지 않으면 저는 복장이 터져 당장에 숨이 끊어질 것 같습니다. 내가 미르 소저를 예까지 부른 것은 다름이 아니라 절실한 청이 있어서입니다."

결심을 굳힌 수연의 단호한 눈빛에 미르는 말똥말똥 눈알만 굴렸다. 대관절 이 아가씨가 내게 부탁할 일이랄 것이 무에가 있을까. 그녀는 마른 침을 삼켰다.

"미르 소저는 내 벗이 맞습니까?"

수연이 대뜸 물어오자 미르는 자신의 혀가 목석이 된 것처럼 서서히 빽빽하게 변함을 느꼈다. 슬금슬금 도망가려는 미르의 탈출로를 초입에 막아선 수연이 끈질기게 그녀를 놓아주지 않았다. 미르는 마지못해 고개를 끄덕였다.

"그렇다면 사실대로 말씀해주세요. 미르…… 소저께서는 교학 도련님의 누이가 맞습니까?"

질문을 하는 수연의 눈동자가 사정없이 흔들리고 있

었다. 미르는 오죽하겠는가. 그녀의 작은 머릿속에 오만 가지 변명들이 얼기설기 뒤죽박죽 섞여 제대로 된 단어 하나도 만들어내지 못했다. 예희도 둘 사이에 오가는 미묘한 갈등을 관조하고 있었다. 여기서 교학의 누이가 아니라고 말한다면 자신은 어떻게 되는 것일까. 머나먼 별에서 온 이방인, 신분도 정체도 명확하지 않은 요괴 취급을 받게 되는 것은 아닐까. 저번엔 운이 좋아 얼렁뚱땅 위기를 넘겼지만 이번엔 관아에 압송되거나 조리돌림을 당할지도 모른다. 집에나 돌아갈 수 있을 것인가. 안위에 대한 아찔한 두려움에 미르의 손아귀에서는 식은땀이 배어 나왔다. 그녀는 수연의 맑고 심지 굳은 눈동자를 들여다보았다. 그런 것 따위를 걱정하게 생겼는가. 교학의 누이가 아니라는 사실이 들통 나면 자신보다 더 곤란하게 되는 사람이 있지 않은가. 미르는 두 눈을 질끈 감고 머릿속에 가장 먼저 떠오르는 사내의 환한 얼굴을 바라보았다. 휘지, 유배를 온 죄인 신세에 정체도 명확치 않은 여인을 고을에 들이고 신분을 조장한 발칙한 사내. 미르가 누구인가보다는 휘지가 누구를 숨겼느냐에 관한 사실이 그의 명예를 더럽히고 평생토록 오명을 남기게 할 것이 분명했다. 그 교교한 사내에겐 있어선 안 될 일이다. 미르는 자신의 대답 여하에 따라 수연이 어떤 대답을 할지 어느 정도 예상이 되었다. 세상에서 가장 듣기 싫은 말. 어쩌면 수연의 그 말은 휘지가 내내 기다리고 있던 말일지도 모른다. 그가 다른 여인에게 간다. 하지만 그것이 싫어서 휘지를 망치고 싶지 않다. 미르는 그녀 마음의 언저리에 맴돌던 휘지를 내려놓고 수연을 바라보았다.

"당……연하지요. 그럼 제가 오라버니의 누이가 아니면 누구겠습니까. 어찌 그런 망측한 오해를 하셨습니까?"

미르의 입이 떨어지기를 오매불망 기다리던 수연의 표정에 안도감이 돌았다. 긴 숨을 들이마신 수연의 눈가가 촉촉해졌다. 미르가 한 말이 사실이 아니래도 이제 그녀의 입에서 나온 말은 그녀의 책임이었다. 그녀는 미르에게 바싹 다가가 두 손을 부여잡고 절절한 목소리로 이야기를 꺼냈다.

"미안해요, 미안해요, 소저. 내가 오해를 했어요. 내가 너무 불안하고 두려워서 잠시 망측한 상상을 했나 봐요. 미안해요. 아버지께서, 아버지께서 나를 김문혁 그자에게 시집보내려고 하시잖아요. 나는…… 나는 교학 도련님을 진심으로 사모하고 있어요. 그건 아마 내가 말하지 않아도 짐작하고 있었으리라 생각해요. 나는 이제 더 이상 물러설 곳도, 주저하고 숨을 곳도 없어요. 그래서 하는 말인데…… 저 이번 초파일에 도련님께 제 마음을 고백할까 해요."

아, 예상했던 흐름이지 않은가. 수연이 가까이에 있어서 표정 관리를 하느라 미르는 진땀을 뺐다. 속이 메스꺼워졌다. 미르는 찻잔에 담긴 푸른 찻물로 가슴을 헹구어냈다.

"미르 소저는 도련님의 누이 동생이잖아요. 소저 보시기에 도련님은 나를 어찌 여기신답니까? 내가 고백을 한다면 도련님께선 내 마음을…… 받아주실까요?"

수연의 질문에 미르는 숨이 턱 막혀 한마디도 할 수 없었다. 무슨 말을 해줘야 할까. 무슨 말을 해도 상처를 받지 않을 순 없겠지. 저 수려한 아가씨가 도령에게 얼마나 잘 어울릴까. 어느새 미르의 손바닥엔 너무 세게 쥐어서 선명한 손톱자국이 새겨져 있었다.

"오라버니가 아닌 이상 제가 그 마음에 확답을 드릴 순 없지요. 하지만, 하지만 아마 기뻐하시지 않을까요? 수연 아가씨처럼 어여쁘고 고운 분이 온 정성을 다하여 빌고 또 비는데 그 마음을 어떻게 밀쳐내시겠어요. 여인인 저도 이리 흔들리는 것을요."

변함없는 수연의 연정에 미르는 그렁그렁한 눈으로 힘겹게 입을 열었다.

"정말요? 정말로 그럴까요? 정말로 미르 소저께서도 흔들리셨어요?"

기쁜 마음에 수연의 목소리가 더없이 낭랑하게 올라갔다. 미르는 그녀의 행복해하는 얼굴이 마치 제 얼굴이 된 것처럼 동조해주고 싶었다. 그래야만 자신이 덜 초라해질 것 같았다. 허나 가슴과 머리가 제각각 놀아 그러기도 힘들었다. 수연이라는 밝은 햇살 뒤의 그림자가 되어 미르는 어둡게 떨고 있었다.

*

"근래 3개월 동안 대량으로 곡식을 구입해 간 사람은 없는가? 혹은 시전 상인들 사이에 대량 구매의 소문이 떠돌진 않고?"

"글쎄요. 무슨 말씀이신지 소인은 도통 모르겠습니다. 그렇잖아도 물가가 오르는 통에 판매율은 떨어지고 있는 것이 실상인데 대량 판매할 만한 곳이 있다면 소원이 없겠습니다요."

"그런……가? 그렇다면 되었네. 혹여 내 구미를 당길 만한 소식이 있다면 관아로 들르게."

부용각에 진을 치고 뻔질나게 시전을 돌아다녀보아도

여전히 손에 잡힐 만한 단서가 들어오지 않았다. 빈털터리 노름꾼처럼 양어깨가 축 처진 두 사내가 시전가를 터덜터덜 걸어갔다. 상단이나 시전 상인들의 출납기록을 걷어 조사해보았지만 역시 쓸 만한 것은 없었다. 나름대로 일목요연하게 정리해놓았지만 모든 시전 상인들의 출납 기록부가 찍어낸 것처럼 똑같다는 점은 의혹을 증폭시키기만 했다. 수하는 오전 내내 돌아다니느라 배를 곯아 앓는 소리를 하며 주막으로 들어갔다. 휘지도 그 뒤를 따라 자리에 앉았다. 다른 날 같았으면 냉큼 휘감겨 왔을 주모가 서먹하게 눈치만 보더니 별말 없이 주문만 확인하고 안으로 들어갔다. 수하와 휘지는 의미심장한 눈짓을 주고받으며 입을 열었다.

"요새 시장 분위기가 이상합니다. 뭔가 명확하게 말할 순 없지만 귀형과 저를 꺼리는 것이 분명해 보이는군요."

"그렇군. 잔뜩 겁먹은 것이 도살 직전의 송아지 눈깔들 같구먼. 다들 빌빌거리기는. 뭔가 숨기는 꿍꿍이가 있는 것 같은데 도무지 확실히 손에 잡히를 않으니, 원."

수하가 걸상의 물을 벌컥벌컥 들이켰다. 수하와 함께 본격적으로 사건 수사에 착수한 지는 어언 한 달이 다 되었다. 뭔가 썩은 내가 폴폴 풍기기는 하는데 실체를 파악할 수는 없다. 분명한 것은 시전의 분위기가 그들에게만 유독 불편해지고 있다는 것뿐. 검둥이의 흔적과 사육의 흔적을 찾기 위하여 애를 써봐도 뾰족한 방도가 나오질 않았다. 막막한 건 휘지의 연정과 다름이 없었다. 휘지는 국밥을 기다리면서 자신의 손을 들여다보았다. 잘 참았다. 지척에 있는 미르의 발간 볼을 만지고 싶어 얼마나 참았는지 모른다. 못 본 척, 안 본 척, 관심 없는 척. 휘지가 할 수 있는 모든 위악과 기만, 그리고 그가 가장 싫어하는 거짓과 가식. 할 수 있는 한 최선을 다하고 있지만 그의 심장은 더 이상 쪼개질 것도 없어 너덜거리기 일보 직전이다. 죄 지은 것도 없으면서 휘지만 바라보면 주눅이 들어 눈치를 살피는 미르를 보는 것도 곤욕이었다. 좀 전에도 자신을 발견하고 불안한 눈빛을 보내는 미르를 향해 자신도 모르게 손이 뻗어 나갈까 봐 조마조마하였다. 밝고 결 고른 머리칼과 산뜻하게 웃고 떠드는 미르의 목소리. 아직도 눈에 선하고 귓가에 쟁쟁했다. 멍 때리고 있는 휘지를 바라보며 수하도 속에서 탄식이 흘러나와 국밥이 입으로 들어가는지 턱 밑으로 줄줄 새는지 인식도 못 했다.

"형님, 입 밖으로 줄줄 샙니다."

"허허허, 그런가? 내가 그리 상스럽게 먹고 있었나? 내가 골몰히 고민하느라 미처 몰랐네. 그러는 자네는 왜 백성의 고혈로 지은 국밥을 앞에 두고 입에 대려고도 않는 것인가? 그러려면 애초에 한 그릇만 시킬 것이지."

"아…… 제가 그랬습니까? 형님이나 저나 밥상머리 앞에서 복 달아날 짓들을 하는군요. 먹어야지요. 먹습니다. 먹어야 힘을 내지요."

어쩐지 그 말하는 투가 애처로워서 수하는 넘어가려던 쌀알이 목에 걸리는 먹먹함을 느꼈다.

"교학, 자네가 조금만 더 이기적이라면 나는 마음이 놓이겠네."

휘지가 뜬금없다는 표정으로 수하를 바라보고는 피식 웃으면서 한 숟가락 크게 떠서 입안에 욱여넣었다. 명색이 양반이라는 자가 그 말간 행색에는 어울리지도 않게 상놈 말밥을 먹고 있었다.

"자네가 이기적이라면 말일세. 자네가 손해 보는 것은 피하고, 이익 되는 것만 좇아 산다면 지금쯤 자네는 행복하게 살 수 있었을 걸세."

"그러면 행복했겠습니까?"

"행복이라……. 그래, 교학 자네가 그런 식의 행복을 바라는 인사라면 지금 내 앞의 교학은 내가 아는 교학이 아니겠지."

"이미 숲에 인 바람은 잠잠해졌는데 어찌 다시 나무를

흔들려 하십니까?"

"나무가 쓰러지기 직전이라 차라리 부목이라도 대주려 하는 것이네."

"되었습니다. 그런다고 속에서 썩어 문드러지는 것까지 어찌해주실 수 없잖습니까?"

"자네 설마 속까지 썩었는가?"

"아닙니다. 말이 그렇다는 것이지요. 독한 고뿔에 걸린 정도니 시간 가면 낫겠지요."

"그래야지, 그러는 게 좋을 테지. 자네 아무래도 정신없이 일에 치이는 것이 좋겠군."

정말 그러는 것이 좋겠다고 휘지도 생각했다. 일이라도 하지 않는다면 뿌리째 뽑혀 날아갈 것 같았다. 휘지는 맞은편의 수하를 따라 자신도 크게 한 숟갈 떠서 입을 우물거렸다.

2.

시끄러운 음악 소리에 맞추어 시전은 북새통을 이루었다. 나무와 나무 사이에 매달린 연등은 고운 빛깔을 자랑하며 칠흑 같은 어둠을 밝혔다. 누군가 띄워 올린 풍등 탓에 별이 연등인지, 연등이 별인지 분간이 가지 않았다. 밤늦은 시간에도 사람들은 귀가하지 않고 여전히 거리를 활보하고 다녔다. 아이들도 잠들지 않고 신이 나서 뛰어다녔다. 여느 때보다도 밝은 시전의 좌판에는 사람들의 이목을 사로잡는 어여쁜 꽃등들이 벌려져 있었다. 아이들은 삼삼오오 그 앞에 모여 앉아 부모들에게 하나만 사달라고 떼를 썼다. 꽃등 안에는 아이들에게 선물해줄 피리, 오뚝이, 노리개, 소꿉 그릇들이 들어 있었다. 팔에 한 아름 선물을 든 아이들은 이번에는 시가를 행진하는 연등 행렬을 따라 간다고 정신이 없었다. 그간 사는 것에 치여 앞뒤 구분도 않고 달려온 세월을 떠올리며 온 고을 사람들은 한마음으로 부처님의 행렬을 바라보았다. 오늘 하루만은 힘든 것 모두 내려놓고 가족들과 즐기는 것이다. 아이들 옆에서 행렬을 구경하던 어른들도 두 손을 모아 행렬을 감상했다. 그 안에는 설레는 얼굴을 한 여인네 둘이 너울을 쓰고 남정네들을 기다리고 있었다.

"언니, 오라버니는 대체 언제 오신답니까? 정말 교학 도련님을 모시고 오는 것이 확실하지요?"

"아가씨, 기다려보셔요. 오라버니께서 꽃등 가게 앞에서 기다리고 있으라 하지 않으셨어요. 기다리고 계시면 분명히 도련님을 모시고 올 것입니다."

수연의 손에 쥐여진 손수건이 축축하게 젖어 있었다. 그녀는 아른거리는 불빛과 인파 사이를 응시하며 숨을 골랐다. 화려한 축제의 흥분 속에서도 수연만은 고백 전야의 초조함으로 혼절할 것만 같았다. 시가지의 중앙을 지나는 거대한 아기 부처 모양의 연등 뒤로 저만치 먼 곳에서 훤한 풍채와 준수한 외모의 선비 둘이 서서히 다가오고 있었다. 수연은 휘지와의 거리가 가까워짐에 따라 다리에 힘이 풀렸지만 재빨리 주머니에 들어 있던 손거울을 꺼내 매무새를 다듬어보았다. 한편, 수하는 동네 아이들을 방불케 할 정도로 신이 나서 휘지의 어깨에 한쪽 팔을 걸치곤 덩실덩실 어깨춤을 추며 걸었다. 일부러 과장되게 쾌활한 체하는 수하 덕분에 휘지도 굳은 표정을 고치고 하늘 위에 떠 있는 풍등을 올려다보았다.

"오셨습니까, 오라버니."

수연은 휘지의 안색을 살피며 제 오라버니에게 눈짓으로 휘지의 기분이 어떤 상태인지를 떠봤다. 수하는 어깨를 으쓱하면서 제 아내의 손을 잡고 동생을 위해 휘지의 옆자리를 비워주었다. 그 행동에 당황한 휘지는 눈꺼풀을 깜빡이며 항의해보았지만 수하에게 외면당할 뿐이었다. 그사이 수연은 어느덧 다가와 다소곳이 붙어 서선 얼굴을 붉혔다. 이미 옆에 자리를 잡은 여인에게 면박을 주는 것은 사내의 도리가 아니었기에 휘지도 얼굴색을 바꿔 초파일 축제 물결에 몸을 실었다.

"그동안 별고 없으셨는지요?"

눈을 내리깐 수연은 대화의 포석을 놓기 위해 공연히 휘지의 안부를 재차 물어봤다.

"아가씨께서 이리 신경 써서 물어봐주시는데 나쁜 일이랄 것이 있었겠습니까?"

수연의 관심사는 언제나 휘지였다. 그렇기에 그녀는 휘지의 음색 그리고 음의 높낮이만으로도 그의 기분을 대강 파악할 수 있었다. 그런데 오늘의 휘지는 웃는 낯을 하고 있지만 어딘가 침체된 인상이었다. 사방이 웃고 떠드는데 휘지 주변의 공기만 탁하게 느껴지니 수연은 앞으로 자신이 하게 될 고백이 부담스러워 손발이 떨렸다.

"오늘 같은 날, 부인의 비위를 잘 맞추어 점수를 좀 따놓아야 한 해가 만사형통하는 걸세. 나는 부인을 챙길 터이니 자네는 우리 수연이 데리고 축제 구경 좀 해주게나. 이번에 오신 천문학훈도께서 명에서 가지고 온 폭죽으로 화희火戱* 놀이도 한다 하니 잘 보고."

앞서 가던 수하가 고개를 돌려 휘지에게 한마디 툭 던

---

* 화희: 불꽃놀이.

졌다. 휘지의 노려보는 눈매가 날카로워 간담이 서늘하긴 하였으나 제 누이가 그간 마음 졸이던 것을 생각하면 이참에 깨끗이 결말을 짓는 것이 좋으리라 생각되어 그는 모른 체 외면했다. 예희도 개운치 않은 얼굴로 그들을 바라보곤 수연을 향해 작게 힘내라는 입모양을 만들었다. 긴장하다 못해 거의 겁먹은 수연은 입을 앙다물고 전의를 불태웠다. 휘지는 수연의 굳은 표정이 장난기 넘치는 수하 부부의 돌발 행동 탓이라 여겨 오히려 자신이 미안해져 좌우를 살폈다. 이 아가씨께서 제 오라비 때문에 꼼짝없이 자신과 함께 거리를 거닐게 되었구나. 휘지는 자신마저 무게를 잡고 있으면 수연의 이번 초파일 축제는 망할 것이 뻔해 보여 갓끈을 고쳐 매고 좌판을 가리키며 해맑쑥하게 웃었다.

"저기 꽃등을 파는군요. 저도 어릴 적에는 곧잘 아버님께서 사다주시곤 하셨답니다. 제가 산 꽃등에는 피리가 들어 있어서 한동안 글공부는 등한시라고 피리만 부느라 가군께 혼나기도 했답니다."

"교학께서도 아버님께 혼이 나셨습니까? 도련님께서는 속 한번 썩이지 않고 장히 자라셨을 것 같은데요."

"속이야 지금도 여전히 썩이고 있는걸요. 저는 못난 불효자랍니다."

이러려던 것이 아닌데. 분위기가 어두워지자 수연은 다음 대화를 어떻게 이으면 좋을까 눈치를 보았다. 어색해지지 않으려고 휘지 역시 내내 미소를 잃지 않았다.

"그러면 어떻습니까? 이리 빙기옥골氷肌玉骨*의 소저와 밤 산책을 하는 영광을 누리고 있는 것을요."

휘지가 웃으면서 말을 하여도 수연은 자신의 계획이 틀어진 것 같아 편치 않았다. 그녀는 어느 순간에 휘지를 조용한 곳으로 데리고 가서 고백을 할 것인지 열심히 떠올렸다. 휘지는 수연이 아무 말이 없자 머쓱해져서 화등이 밝게 비추는 야시장의 가게들을 눈으로 훑었다. 술을 붓고 마시며 신명 나게 춤을 추는 사람들. 느티떡을 파는 가게. 그리고 미르가 좋아하는 새빨간 당과를 파는 가게에서 휘지의 발걸음이 멈추었다.

"소저, 당과 하나 드시겠습니까?"

휘지는 가게 앞을 그냥 지나치지 못하고 수연을 불러 세웠다. 다른 생각 중이던 수연도 휘지의 부름에 걸음을 멈추고 가게 앞으로 다가갔다. 자르르 윤기가 도는 새빨간 당과가 지나가는 발걸음을 잡아 세우며 유혹했다.

"도련님께서도 당과를 좋아하십니까?"

의외라는 표정으로 수연이 휘지를 바라보았다. 휘지

---

* 빙기옥골: 살결이 맑고 깨끗한 미인을 비유적으로 이르는 말.

는 씁쓸히 웃으며 고개를 설레설레 저었다. '그것은 제가 아니라 우리 밥낭 누이가 좋아하는 것이지요.' 차마 이 말은 내뱉을 수가 없어 휘지는 그저 애꿎게 "색이 고와 그렇소"라고 말하였다. 수연도 눈웃음을 지으며 휘지가 쥐여주는 당과를 받아 입안에 머금어보았다. 달고 상큼한 것이 수연의 긴장을 해소시켜주었다. 그녀는 두 눈을 질끈 감고 기합을 불어넣었다.

"도련님, 제가 긴히 드릴 말씀이 있사온데 혹 조용한 곳으로 장소를 옮겨 이야기를 나눌 수 있겠습니까?"

수연의 진지한 눈빛에 휘지는 저도 모르게 고개를 끄덕였다. 수연은 며칠 전부터 열심히 물색해놓은 사찰의 뒷산으로 휘지를 이끌었다. 가는 길이 멀어 수연과 휘지는 한참 동안 등불이 밝혀놓은 산길을 걸어가야만 했다. 벌레의 찌르르 우는 소리와 등불과 별빛이 만드는 은은함에 수연은 신비한 기분마저 들었다. 이 기세로만 가면 고백은 성공할 것 같았다. 묘한 자신감에 수연은 흥분을 하여 손수건을 꽈악 쥐었다.

*

"시전에서는 축제 분위기가 한창이거늘 낭자께서는

어찌 고요한 절 속에서 탑만 돌고 있소?"

도명은 아까부터 계속 말없이 사찰의 탑만 돌고 있는 미르를 한심하게 쳐다보며 소리를 쳤다. 사찰 안에서 고요히 바라는 바를 기원하고 있던 사람들이 눈살을 찌푸리며 도명을 흘겨보았다. 그러든지 말든지 도명은 아랑곳 않고 미르의 뒤만 쫄쫄 따라다녔다. 미르는 실눈을 뜨고 합장을 하고 있던 손을 풀어 저리 가라는 표시를 했다.

"이건 말이 되지 않는 일이오! 혈기방장하고 유쾌 발랄한 청춘이 어찌 축제는 등한시하고 예서 탑이나 돌고 있단 말이오? 이런 날에 자기 앞에서 탑이나 도는 것은 부처께서도 반기지 않을 거요. 부처께서도 오늘이 생일날인데 누구 소원을 듣고 앉아 있을 것이 아니라 자기 소원 이루고 있어야 하지 않겠소? 예서 귀찮게 굴지 말고 어서 나와 내려가서 화희나 구경합시다."

"취성께서는 술을 드시지 않아도 항상 몽롱히 취한 상태이십니까? 예서 난봉 피우지 말고 혼자 내려가시지요. 저는 마저 탑이나 돌렵니다."

"무슨 말이오? 난봉이라니……. 내가 오늘 낭자에게 보여주기 위해 아껴둔 폭죽도 다 풀어주었단 말이오. 게다가 낭자께서도 놀이패 구경하는 것을 더 좋아하면서

오늘은 왜 겸손을 떠시오? 어울리지 않는 일이니 그만
고집부리고 내려가십시다. 예서 탑돌이 하는 멍청이들
은 짝사랑에 울부짖는 패배자들이거나 남들의 눈을 피
해 마음껏 연정을 속삭일 귀뚜라미 한 쌍일 것이오. 그
런 것이 아니라면 당장 내려가잔 말이오."

탑을 돌던 미르의 발걸음이 뚝 멈추었다. 그녀는 두 팔
을 허리에 괴고 망연한 표정으로 도명을 바라보았다. 이
내 불만스럽게 미간을 구긴 미르가 도명을 향해 쏘아붙
였다.

"시끄럽습니다. 예서 기도하고 계시는 분들이 스승만
째려보고 있는데 눈길이 느껴지지도 않소? 얼굴에만 철
피를 깔았나 했더니 온몸에도 철갑을 두르셨나 봅니다."

"원 무슨 말이 그따구인가! 아무튼 나한테 이리 패악
을 부리는 여인은 미르 낭자밖에 없을 거요. 내가 성격
이 좋아 다 참는 것이라오. 알겠으면 그만 좀 팅기고 내
려가서 화희 구경이나 좀 합시다."

"아니, 저는 괜찮다니까 왜 자꾸 이러십니까? 저는 마
음이 심란하여 화희고 뭐고 다 관심이 없단 말입니다."

"왜요? 무슨 근심이 있어 그러오? 내게 말이라도 해주
면 상담을 해드릴 것이 아니오."

"되었습니다. 제가 말한다고 스승께서 해결해주실 수

있는 일이 아닙니다."

잔뜩 호기심이 인 도명은 궁금하기도 하지만 설핏 염려가 되어 넌지시 다시 떠보았다.

"뭐 티타늄인지 뭐시긴지 그것을 아직 찾지 못하여 그러오?"

"별달리 그것 때문은 아닙니다만 스승께서 이야기하니 다시 떠오르긴 하네요. 그것만 있으면 만사 해결인 것을. 이리 마음 졸일 필요도 없이 훌쩍 떠나가버리면 그만이니까요."

차라리 도명의 말대로 없어진 부품 하나만 찾게 되면 휘지고 뭐고 다 도외시하고 도망가고 싶었다. 몸이 멀어지면 마음도 멀어진다고, 안 보이면 이 불한당 같은 마음을 끊어낼 수 있지 않을까. 미르는 도명 보란 듯이 길게 한숨을 내쉬었다.

"진짜 뭐 심각한 고민이라도 있으시오? 다른 날과 다르오. 설마…… 남……정네와 관련된 일이오?"

이번 질문에는 도명 역시 침을 꿀꺽 삼켰다. 자신이 곁에 있어도 항상 반은 허공에 떠 있는 미르를 바라보면 괜한 심술이 돋곤 했다. 그저 치기라 생각했던 마음은 날이 갈수록 선명하게 변했다. 이것이 연정이란 말인가……. 숲 속에서 길을 잃어 다 죽어가던 자신 앞에 돌연 나타났다 구름처럼 사라져버린 여인. 손에 닿으면 어김없이 흩어져 달아나버리는 여인. 도명은 미르에게 언제나 가볍게 농이나 치고 장난을 걸었지만 실은 누구보다도 조심스러웠다. 그는 질문을 하면서도 머리가 지끈거렸다. 근래 들어 빈번하게 내쉬는 한숨이라든가, 혹은 모두가 즐거움에 겨워하는 축제도 즐기지 않고 조용히 사찰에서 탑을 돌고 있는 행동은 짝사랑을 앓는 여인의 전형이었다. 도명은 그 마음속에 들어 있는 사내가 누구일 것인가 안달이 나서 미르의 곁을 주야장천 기키고 있었다. 미르는 미르대로 족집게 같은 도명의 질문에 울상이 되어버렸다.

"갑자기 말입니다. 갑자기, 사람의 태도가 변한다면 그것은 왜 그러는 것이라 생각하십니까? 분명히 그 전날까지만 해도 농도 주고받고 얼굴 마주 보며 이야기도 나누었는데 하룻밤 자고 나니 거짓말처럼 피하고 무시하고. 뭔가 불만이 있다면 대놓고 면박을 주든가, 것도 아니면 쫓아내든가. 왜 안 하던 무시를 하느냔 말입니다. 눈도 마주치려 하질 않고, 말을 걸어도 대답을 안 합니다. 분명 뭔가 섭섭한 게 있는 것이지요? 말을 안 하니 알 수가 없습니다."

"그래, 소저를 개무시하는 사람이 사내요, 여인이요?"

"사……내입니다. 그것이 뭐가 그리 중요합니까?"

중요하지요. 도명은 눈앞이 암담해졌다. 역시 이 아가씨 연애 상담을 하는 것이렷다. 도명은 괜히 들쑤시고 긁어 부스럼을 만드는 것은 아닌가 하고 방정맞은 제 주둥이를 몇 대 때렸다. 연모하는 여인의 입에서 다른 이에 대한 절절한 마음을 확인하는 것만큼 멍청하고 초라한 짓거리가 어디 있겠는가. 이럴 땐 솔직하게 말하는 것이 좋을까, 그녀의 마음을 은근히 엿보면서 틈새를 노리는 것이 좋을까. 도명은 망설이느라 미르의 말이 귀에 들어오지도 않았다.

"그러니까 어떤 사내가 소저와 친했던 이요?"

"친했는지 어쨌는지도 이제는 모르겠습니다. 혼자만의 착각이고 호들갑이었는지."

"거 왜 그래도 분위기라는 것이 있지 않소?"

"분위기로만 보았을 때는 평범했지요, 웃고 떠들기도 하고 싸우기도 하고……. 깐깐하고 엄격하기도 했지만 어느새 다정하게 다가와선 도닥여주기도 하고……. 친절한 사람이었지요. 그런 사람이 갑자기 돌아서니 더 억울하고 답답한 것이 아닙니까?"

"낭자 기억에 딱히 그자에게 실수하거나 잘못한 것은 없고요?"

"네, 제 기억엔 없어요. 하지만 사람이 작정하고 남에게 상처 입히는 건 아니잖아요. 그러니 모르는 새에 거슬리는 행동을 했을지도 모르죠."

그렇군요. 도명은 잠자코 머리를 굴려보았다. 갑자기 태도가 돌변하여 차가워진 사내. 상대해주려고도 않고 눈을 마주치려고도 하지 않는다. 여인이 딱히 잘못한 것이 없다면 답은 두 가지 중 하나일 것이다. 진짜로 여인도 모르는 어떤 행동에 의해 마음을 상한 좀생원이라든가, 또는 자신에게 불어닥친 감정의 변화에 지레 두려움이 일어 도망가는 겁쟁이일 것이다. 아마 사내는 후자의 이유로 미르를 피하고 있는 것이리라. 진정 못난 사내가 아닌가. 자신이라면 넝마가 되는 한이 있어도 미르의 마음을 얻을 수만 있다면 수단과 방법을 가리지 않을 텐데. 그는 사내가 부럽고, 원망스럽고, 분했다. 그의 복잡스러운 심경을 아는지 모르는지 미르는 간절한 눈으로 도명을 빤히 쳐다보았다. 그는 여기서 자신이 어떻게 대답해야 스스로 상처받지 않을지 골몰히 계산하여 보았다. 자신은 역수를 하는 자가 아닌가. 산수하면 도가 텄는데도 답이 나오질 않았다. 지척에 다가온 여인의 몸에서 나는 달콤한 분내에 취해 머리는 마비되어갔다. 이렇게 곱고 수려한 아가씨의 마음에 조약돌을 던진 못난 행운아는 누구란 말인가. 도명은 괘씸한 마음에 퉁명스럽게 말이 나갔다.

"내 보기엔 낭자의 잘못은 눈곱만큼도 없소. 모든 것은 그 사내가 못나 그런 것이라오."

"그 사람은 못나지 않았어요. 못났다면 제가 못났지요. 제대로 할 줄 아는 것도 없고 사고만 치니 정이 떨어질 만도 해요. 여기로 떨어진 것부터 제가 못났다는 증거고요."

"난 가끔 낭자가 하는 말을 잘 이해할 수가 없어요. 어찌 되었든 간에 중요한 것은 그 사내가 왜 갑자기 변하였느냐가 아니라 낭자께서 그 사내의 변화를 왜 민감하게 받아들이는 것인지가 아니겠습니까?"

"그건……."

미르가 할 말을 잃고 꿀 먹은 벙어리처럼 고요해졌다. 도명은 괜한 짓을 했다고 생각하면서도 미르가 나중에 후회하는 모습은 보고 싶지가 않았다. 자신이 그녀에게 있어 가장 소중하고 결정적인 순간을 함께한 유일한 사람이었다면, 그리고 자신의 행동으로 미르가 지금 이 순간을 후회하게 된다면, 도명으로 하여금 그것만큼 괴로운 일은 없을 듯싶었다. 자신의 마음은 일단 접어둔다 하더라도 현재 미르가 어떤 마음을 가지고 있는지가 그에겐 더 우선순위였다. 그는 미르의 긴 침묵이 이겨내기 힘든 고통이었음에도 한마디도 않고 꿋꿋이 곁을 지켰다. 일 다경 후, 미르는 초탈한 얼굴로 도명을 바라보며 입을 떼었다.

"그건 아마 제가 그분을 좋아하기 때문이겠죠."

아……. '좋아한다'는 몇 글자 되지도 않는 이 말이 입 밖으로 나오기까지 왜 그다지도 많은 각오와 노력이 필요했던 것일까. 그것도 휘지에게는 전하지도 못하는 주제에 도명에게 말하고 있다니. 미르는 아득하여 다리가 휘청거렸다. 도명은 그런 미르를 부축하여 사찰의 괴석에 앉혔다.

"그리 솔직하고 당당한 낭자께서 자신의 마음이 무엇인지도 알고 있으면서 끙끙 앓고만 있는 연유는 무엇이오? 단지 그 사내가 낭자에게 찬바람이 불어서?"

"그것도 이유이긴 하지만 결정적인 이유는 제가 그에 비하면 보잘것없기 때문입니다. 전 그 사내에게 어울릴 만한 여인이 아닙니다."

"그건 누가 정한 잣대에 따른 결론입니까?"

"아마 모두들 그리 말하겠지요."

"그 말씀은 모두가 낭자에게 그런 대답을 해주었다는 것입니까? 아니면 단 한 번도 시도해보지 않고서 자기 혼자 지레 짐작하고 내려버린 결론입니까? 내가 아는 소저는 절대 자신을 업신여기고 과소평가하는 못난 여인이 아니오."

도명이 힘주어 말을 이어나가자 미르는 고개를 들어 그를 바라보았다.

"그 사내를 저보다 먼저, 그리고 더 오래 연모한 여인이 있습니다. 참으로 아름다울 뿐만 아니라 마음씨도 고운 팔방미인이지요. 제게도 고마운 첫 벗이십니다. 그런 분이 눈물지으며 제게 그 사내에 대한 절절한 연심을 털어놓으셨죠. 전 아무 말도 할 수가 없었습니다. 그 자리에서 확실하게 말하지도 못하고 돌아서서 제 가슴만 쥐어뜯었지요. 언젠가 스치듯 그 여인과 사내가 나란히 서 있는 것을 본 적이 있답니다. 아름다운 한 쌍의 원앙이 따로 없더군요. 저 같은 건 거기에 끼어들 수조차 없다는 것쯤은 알고 있었습니다. 그런데 지금도 불타는 이 마음이 가라앉지가 않아 스승 말씀대로 못나게 탑돌이만 하고 있었습니다. 스승은 이런 제 마음을 아시겠습니까?"

어느새 미르의 눈물이 도명의 옷자락을 적시고 있었다. 도명을 언제나 심한 장난에 농만 치는 가벼운 인사인 줄로만 알았는데 누구보다도 가엾은 표정을 하고선 그녀의 눈가를 훔치고 있었다. 투박한 손놀림만으로도 그가 여인을 대하는 것이 얼마나 생소한지를 알 수 있게 하였다. 그럼에도 도명은 옷소매를 거두지 않고 미르의 흐르는 눈물을 제 옷으로 받아 그 마음을 위로하려 했다. 미르는 그 품에 안기어 울음을 터트렸다.

"울지 마시오. 우리 제자는 우는 것이 어울리지가 않아. 내가 이런 모습을 보자고 이야기를 꺼낸 것이 아닌데. 오늘 참 보기 드문 낭자의 못난 면을 구경하였소."

"저도 압니다. 말씀하지 않으셔도 제가 추할 것이라는 것은 예상됩니다. 하지만 지금은 제가 제 눈물을 통제할 수가 없어요. 송구하게도 스승께 추태를 보입니다."

"낭자, 그 사내를 연모한다던 벗의 마음이 절절하였다고 하였지요? 그렇다면 한 가지만 물어보겠소. 사내를 향한 낭자의 연심은 벗에게 뒤지는 마음이었소?"

순간 그의 품에서 훌쩍이던 미르의 여린 떨림이 멈추었다. 그에게 부족함 많은 여인이라는 것은 인정한다. 허나 수연에게 밀릴 만큼의 마음은 아니었다. 그를 알고 지낸 시간은 수연보다 훨씬 모자라지만 그에 대한 연심은 수연에게 뒤쳐질 만큼 가볍지 않았다. 많이 아파했고, 많이 설렜다. 많이 행복했고 많이 불행했다.

"하지만 그분이 나와 같은 마음이 아니라면, 난 영원히 그분을 잃을 수도 있잖아요?"

"하지만 같을 수도 있잖소? 아무것도 시도해보지 않

고 자신의 마음을 과소평가하고 접어버린다면 그것은 이미 다른 상대에게 한참 뒤진 마음이 아니겠소? 게다가 이별과 결과가 두려워 사랑을 시작도 하지 못하는 것은 죽음이 두렵고 싫어서 태어나지도 못하는 것과 같소. 사람이 한평생 죽음을 향해 전진하는 인생이라 해도 그 안에 희로애락이 다 있지 않소. 사랑도 그와 마찬가지라오. 그 과정이 이별을 향한 진행형이라 해도 그 안에 희로애락의 추억이 다 있을 것이오. 그렇다면 두려워할 것이 무에가 있겠소."

너나 잘해라. 도명은 그 말을 씁쓸히 곱씹으면서도 겉으론 웃는 내색을 잃지 않았다. 미르는 결심이 선 눈으로 도명에게 감사를 전하곤 휘지를 찾아 떠났다. 전해야 한다. 결국 아무것도 얻지 못해 빈손으로 울상을 짓게 되더라도 휘지에게 자신의 마음을 전해야만 한다. 결코 작지 않은 마음을. 미르는 수연과 휘지가 있을 사찰의 뒤 터로 달리기 시작했다. 그리고 도명은 허망하게 검은 밤하늘을 올려다보더니 헛숨을 뱉곤 사찰을 내려갔다.

*

수연은 떨리는 심장을 진정시키고 뒤돌아 휘지를 바

라보았다. 둘만이 있는 공간에서 수연의 심장 고동만이
메아리쳤다. 소리가 어찌나 거센지 휘지에게 흉물스럽
게 들릴까 봐 그녀는 작은 손으로 가슴 언저리를 꾹꾹
눌러 달랬다. 휘지는 시끄러운 시전에서 벗어나 사찰의
고요함 속에 갇히자 심란하던 마음이 진정되어 눈을 감
고 밤바람에 몸을 맡기었다.

"푸른 물결 아래 고이 잠든 수련꽃. 그 누가 소매 적셔
꺾으리.

담장을 넘어온 학 한 마리가 저도 모르게 발을 적셨네.
아무도 몰랐으리.

수면에 일어난 파장에 수련꽃 흔들리는 것을.

애틋한 마음 거둘 길이 없어 꽃은 물밑에 시들어가는
것을."

한 글자 한 글자 입을 뗄 때마다 덜덜 떨려서 수연은
또박또박 말을 하고 싶어도 그럴 수가 없었다. 휘지에
대한 연심이 흘러넘쳐 그녀는 벅차고 슬픈 마음 사이
를 아슬아슬하게 줄타기하고 있었다. 직설적으로 마음
을 전하기에는 여인으로서 망측하고, 그러자고 사내를
불러내놓고 부끄러움에 한마디도 하지 않고 서 있을 수
만도 없었다. 엉망진창의 실력으로 그녀는 자신의 진심
을 한 수 시로 읊어 전하였다. 가만히 밤공기를 마시던

휘지가 그녀의 부들거리는 음성에 놀라 눈을 떴다. 그들 사이로 풀벌레 우는 소리와 멀리 목탁 치는 소리가 아스라이 들려왔다. 휘지의 맑은 눈이 수연의 불안한 눈과 겹쳤다. 수연은 그 맑은 눈을 보며 이미 답을 보고 말았다. 어울리지 않게 처진 눈썹하며 당혹스러움에 얼룩진 휘지의 말간 얼굴. 충격에 무감각해진 것인지, 애초에 예상했던 반응인 것인지 수연은 평정심을 잃지 않았다. 그저 오랜 연심을 전하였다는 사실만으로도 정신을 차릴 수가 없었다.

한편, 휘지는 수연에게 할 말을 찾느라 한참 동안 입을 떼지 못했다. 수연이 자신을 심중에 두고 있다는 사실을 몰랐던 것은 아니다. 휘지 역시 은연중에 알아챘지만 외면하고 있었다. 누구를 담으려고 해보지 않은 가슴이었다. 자신이 죄인의 신분이었기에 경계를 긋고 아무도 들이지 않았다. 차라리 수연이 전전긍긍 앓고 있더라도 자신에게 말하지 않는다면 영원히 모른 채 살아가려 했다. 헌데 어느새 경계를 뚫고 미르라는 여인을 남몰래 연모하게 되었고, 그렇기에 수연의 아픈 짝사랑을 이해하게 돼버렸다. 그래서일까? 언제나 꼼꼼하게 틈을 주지 않던 휘지가 이런 뻔한 상황에 수연을 따라 사찰 뒤 터로 오게 된 것은 어찌 보면 동병상련에 의한 결과였다고 볼 수 있었다. 그는 수연을 밀쳐내야 했지만 그녀에게 상처를 주고 싶지 않았다. 그는 지금 그녀가 어떤 심정일지 누구보다 잘 알았다.

"소저, 나는 그 마음을 받아줄 수가 없습니다."

힘겹게 꺼낸 말은 짧은 거절이었다. 그것 외에 어떤 말을 더하고 뺄 수 있을 것인가. 더 부가한다고 해봤자 궁핍한 변명에 불과했고, 그보다 더 줄여 말한다면 상대의 연심을 짓밟는 무뢰배가 될 것이었다. 고민 끝에 터져 나온 대답이 너무 짧아 휘지도 수연도 목구멍이 꽉 막혀버렸다.

"알고…… 있었습니다. 도련님의 마음 저를 향하고 있지 않다는 것을요. 그래도, 그래도 가눌 수도 없는 이 마음 주체가 되지 않아 전하여보기라도 하자는 심정이었습니다."

"소저, 저는 소저께서 연모하시기엔 지나치게 못난 사람입니다. 송구하게도 그런 과한 마음은 제가 받아드릴 수가 없습니다."

"아니요. 도련님은 충분히 아름다운 분이세요. 다른 어떤 이에게도 내어준 적이 없는 심중에, 연심이란 꽃은 피워볼 수조차 없을 것이라 여겼습니다. 하지만 도련님을 처음 만난 순간 도련님께서 제 마음에 떨구고 가신

씨앗은 파내어보려 해도 파낼 수가 없었답니다. 아직도 잊지를 못하였지요. 그날 옥색 도포를 걸치고 별당 문을 들어서는 도련님의 모습을 말입니다. 그리고 도련님께서 죄인의 몸이라 하나 그 죗값마저 함께 짊어질 각오가 될 정도로 당신을 깊이 사모하였답니다. 결과야 이렇게 되었지만 이런 값진 감정을 맛보게 해주신 것만으로도 저는 여전히 도련님을 지워낼 수가 없습니다."

한 번 터져 나온 수연의 마음이 걸림돌 하나 없이 쏟아져 나왔다. 휘지는 죄스러운 마음에 고개를 들지 못하였다.

"고개를 들어 저를 보셔요. 도련님께서 제게 잘못한 것은 하나도 없는데 왜 그리 움츠러들어 계십니까? 그리 계시면 제 마음이 더 찢어집니다."

수연의 말이 맞았다. 지금 수연은 죽을 용기를 짜내어 자신의 온 마음을 다 드러내고 있었다. 그렇다면 휘지는 여과 없이 그녀의 마음을 온전히 마주해주어야만 했다. 연정에 있어선 한없이 무능한 자신에게 그는 한심함을 느꼈다. 눈앞의 여인보다도 못하지 않은가. 그는 관자놀이가 지끈거렸다.

"오늘 이 일, 한 치의 후회도 없을 것입니다. 아낌없이 다 쏟아내고 돌아설 것입니다. 괜찮으시겠습니까?"

"물론……입니다. 소저는 저보다 훨씬 용감하고 아름다우시군요. 저는 죽었다 깨어나도 이런 용기는 생기지 않을 듯합니다. 소저의 감사한 마음 하나도 남김없이 다 받겠습니다."

"받아……주시렵니까?"

"고이 받아 간직하겠습니다, 소저."

"그럼 저도 안심하고 다 드리지요. 다시는 되돌아보지 않도록 도련님께 다 드리고 잊을 것입니다."

수연이 희미하게 웃었다. 휘지에게도 그녀의 아프고 예쁜 마음이 전해졌는지 눈시울이 붉었다.

"도련님은 다른 사내와는 달랐지요. 제가 여인으로서 어울리지 않는 행동과 언행을 보이더라도 언제나 수수하게 웃어주면서 열심히 해보라 응원해주셨습니다. 그저 제 환심을 사려고 바보같이 구는 분들과는 차원이 다르셨지요. 그냥 도련님께서 곁에 계셔주시는 것만으로도 강산을 다 품은 듯 마음이 풍족하였습니다. 사람이 사람을 마음에 품는다는 것, 그것이 얼마나 멋지고 아프고, 또 위대한 것인지를 제게 알려주셨어요. 어미를 어린 나이에 잃고 아버지와 오라버니, 두 사내 곁에서 자란 저는 왈가닥에 사내 못지않은 천방지축이었답니다. 그런 제가 누군가에게 잘 보이기 위해 부러 수더분하고 단아한 척해보았던 것도 도련님이 처음이었습니다. 그런 모든 일들 놀랍고 귀중한 일이었지요. 내가 알던 내가 아니라 누군가를 위해 나를 변화시켜보는 것 또한 어렵지만 소중한 일이었답니다. 도련님께선 제겐 참으로 고마운 분이십니다."

"제게도 수연 소저는 소중하고 감사한 은인이십니다. 축 처져 기운이 나지 않을 때면 때때로 들러주시고 신경 써주신 덕분에 비루한 삶에서 벗어날 수 있었습니다. 그리고 소저의 고백, 힘에 부치셨을 것 누구보다 잘 압니다. 골백번, 수천 번을 고민하고 염려하셨지만 결국은 전할 수밖에 없으셨을 그 마음, 잊지 않겠습니다."

발간 코끝을 찡긋거리며 수연은 휘지를 서글프게 바라보았다.

"그것은…… 도련님께서 심중에 품고 계시는 이루어질 수 없는 연심 때문인 것이옵니까?"

휘지는 망치에 얻어맞은 얼굴로 수연을 바라보았다. 그녀의 입은 가늘게 웃고 있었으나 슬픔을 가리기 위해 꾸며낸 표정인 것은 누가 봐도 훤하였다.

"지난 꽃달임 날, 본의 아니게 도련님의 마음을 훔쳐보았습니다."

"그러……셨습니까?"

"이런 말을 드리면 못되었다 하시겠지만 제 이루어질 수 없던 연정이 제게 국한된 것이 아니라 도련님도 같은 처지였다 생각하니 조금은 통쾌했습니다."

"그렇지요. 저…… 또한 이룰 수 없는 헛된 마음이니까요."

"잊고자 하지만 잊을 수도 떨칠 수도 없지요. 아마 제가 아픈 만큼 도련님도 아프실 것입니다. 혹여라도 그 마음 억누르기 위해서라도 달아날 곳이 필요하시다면…… 저는 괜찮을 것입니다."

휘지는 대답을 할 수가 없었다. 수연도 말을 꺼냈지만 금세 후회하였다. 어쩌자고 밑바닥까지 보였는가. 그게 어디 할 수 있는 말이라고 지껄였는가. 수습해보고 싶었지만 수연은 다시 입을 열면 그보다 더 가관이 아닌 마음이 빠져나올까 봐 굳게 입을 다물었다. 휘지가 비통한 눈으로 수연을 바라보았다. 이 고운 처자를 어디까지 흙투성이로 물들일 것인가. 그는 연 대감과 수하에게 미안하여 머리가 아질하였다.

"소저에게 제 비린내를 옮길 수야 없지요. 어물전 꼴뚜기보다 못한 것이 아닙니까? 제 치부마저 감싸주시려는 것은 감사하나 더 이상 소저의 마음을 너덜너덜하게 만들 수는 없습니다."

알고 있었는데⋯⋯. 수연의 눈에서 참고 참았던 눈물이 흘러내렸다. 휘지는 약하고 작은 짐승처럼 떨고 있는 그녀를 제 품에 안았다. 그러면 안 되는 것인 줄은 알았으나 수연에게서 자신의 모습이 보여, 그는 측은함을 감출 길이 없었다. 수연도 이것으로 자신의 질긴 마음을 끊어내자 다짐하며 휘지의 너른 품에 안기었다.

3.

축제의 소란 너머 컹컹거리는 개 짖는 소리가 야단스러웠다. 송아지만 한 하얀 털의 개가 한쪽 발을 절룩거리며 혼신의 힘을 다해 쓰러져 있는 제 주인을 지키기 위해 애를 썼다. 하얀 털에는 피딱지가 덕지덕지 엉겨 사태의 심각성을 여실히 보여주고 있었다. 하얀 개의 앞에는 뭘 잘 챙겨 먹었는지 윤기가 도는 흑빛 털의 범만 한 개가 안광을 내뿜으며 거친 숨을 몰아쉬었다.

"왜⋯⋯ 왜 이러십니까? 사⋯⋯ 살려주십시오. 살려주시오."

하얀 개의 뒤에서 사내는 겁에 질려 목숨을 애걸하고 있었다. 사내는 이미 흠씬 두들겨 맞았는지 입술이 터지고 여기저기 멍투성이의 만신창이었다. 개는 제 주인을 지키겠다는 일념 하나로 맹렬하게 짖어댔다. 사내의 반대편에 서 있던 자는 조소를 흘리더니 낮고 잔뜩 쉬어 거슬리는 음성으로 지시를 내렸다. 그의 몸짓 하나에 검둥이는 육중한 몸을 날려 쓰러져 있던 사내에게로 달려들었다. 깨갱 하는 단말마의 신음 소리와 함께 하얀 개는 목덜미를 물려 피를 흩날리며 공중에 내던져졌다. 사내의 공허한 동공에 바닥에 널브러진 제 개가 들어왔고, 곧이어 자신을 향해 돌진하는 검둥이가 들어왔다. 살이 뭉개지고 뼈가 으스러지는 흉측한 소리들이 어둠 속을 괴괴하게 울렸다. 검둥이의 뒤에 서 있던 사내는 숨이 끊어진 사내의 새끼손가락 하나를 손수건에 접어 자신의 옷섶 안쪽에 품었다.

*

"우리 누이가 잘하고 있으려나 모르겠소."

"우리 아가씨야 잘하고 계시겠지요. 다만 염려되는 것은 교학의 마음이 아니겠습니까?"

"그렇지. 내 교학을 아끼나 우리 누이의 눈에서 눈물을 뺀다면 한 대 세게 쥐어박아줄 작정이라오."

"이미 우리 아기씨께서 차이셨다고 확정하신 듯합니다?"

"그것이…… 그런 것이 있소. 것보다 부인께서는 이리 빨리 집으로 돌아가도 되겠소? 축제가 한창인데 어찌 벌써 집에 가자고 보채시오?"

"요새 수사에 전념하느라 바쁘셔서 얼굴도 제대로 보지 못하였는데, 오늘처럼 한가한 날 하루쯤은 번잡한 사람 속이 아니라 사랑방으로 가시는 것이 낫지 않겠습니까?"

"내 별로 피곤하지 않지만 부인께서 이리 요염하게 사랑방으로 가자고 하니 아니 갈 수가 있겠소? 내 기대에 부응하여 오랜만에 부부간의 운우지정雲雨之情*을 논하여 보아도 되겠소?"

"서방님께서는 어찌 그런 것을 말로 하십니까?"

예희는 새침한 눈으로 쏘아붙였지만 손수건으로 입을 가려 살풋이 웃음 지었다. 길가에 둥근 달빛이 내리 비추었고, 그림자는 둘에서 하나로 얽혀 손을 맞잡았다. 소슬한 밤바람이 둘의 그림자를 흔들었다. 그때, 멀리 어둠 너머에서 개 짖는 소리와 사람의 새된 비명이 흘러들었다. 둘의 맞잡은 손이 꼿꼿이 굳었다. 예희의 눈

---

* 운우지정: 남녀 간에 나누는 육체적인 사랑.

가에 공포가 어렸다. 명색이 수사관의 지어미거늘, 예희
는 요지부동한 수하를 따라 태연한 표정을 짓기 위해 노
력했다. 수하는 예희의 손을 힘주어 잡더니 이내 놓고는
그녀의 눈동자를 바라보았다.

"부인은 이 길로 시전으로 되돌아가시오. 나는 소리
나는 쪽으로 가보겠소. 내 말 거스를 생각 말고 반드시
돌아가셔야 하오. 내 금방 데리러 갈 터이니 사람들 틈
에 섞여 계시오."

수하가 잔뜩 으름장을 놓고 싱긋 웃었다. 예희는 초조
한 마음이 앞섰으나 제 지아비를 믿고 기다리는 것이 자
신의 몫이었다. 그녀도 싱긋 웃으며 수하에게 고개를 끄
덕였다.

"그럼 저도 서방님 몰래 정인이라도 만나 당과 하나
먹고 있겠습니다. 어서 오시지 않으면 어디로 도망갈지
모릅니다."

"하하, 내 부인이 어디로 도망을 가시든 짐승 같은 촉
으로 쫓아갈 테니 치를 떨지나 마시오. 그럼 가서 내 몫
의 당과도 하나 사놓으시오."

등을 돌려 시전 쪽으로 가는 예희의 뒷모습을 바라보
던 수하도 어둠을 향해 거침없이 내달렸다. 예희가 곁
에 있는 바람에 그녀 걱정으로 식은땀이 났으나 이제는

상황이 달라졌다. 그는 허리춤에 차고 있던 장도를 꺼내 손에 쥔 채 성큼성큼 소리가 난 쪽으로 달렸다. 화등의 희미한 불빛 아래 누군가 쓰러져 있었다. 수하는 급히 사람 있는 곳으로 달려갔으나 그의 눈에 띈 것은 발기발기 찢겨진 사람의 시체였다. 아무리 사건 현장에 익숙한 수하라지만 눈살이 찌푸려지고 토악질이 오르는 잔인한 광경이었다. 바닥에 튄 살점과 피는 꿈을 방불케할 정도였다. 짓이겨진 시신의 옆에는 걸레가 되어버린 작은 짐승의 사체도 뉘어져 있었다. 짐승의 곁으로 다가간 수하의 동공이 확장되었다. 어디서 많이 본 개가 아닌가. 길가를 돌아다니는 무수한 개들 중에서도 수하의 낯에 익은 개였다. 수하는 시신 가까이 다가갔다. 얼굴이 심각하게 뭉개지기는 하였으나 분명했다. 알고 있는 사내였다. 수하는 간담이 서늘해지는 것을 느꼈다. 어째서 덕풍이와 덕풍이 주인이 이런 변고를 당했단 말인가. 골똘히 머리를 굴리던 수하는 등줄기를 타고 오르는 소름을 지각하며 주변을 경계했다. 시체에서 올라오는 훈기는 둘이 살해된 지 얼마 지나지 않았음을 알려주었다. 누가 이런 짓을 했는지 몰라도 놈은 멀리 있지 않았다. 섬칫, 뒤쪽에서 느껴지는 살기에 수하가 고개를 돌리자 검둥이가 달려들었다. 어디서 나왔는지 알 수 없었으나 검은 털의 개는 어둠에 너무나 잘 어울려서 마치 어둠 속에서 파생되어 나온 것만 같았다. 처음부터 어둠 속에 살다가 튀어나온 듯, 개는 사라졌다 나타나기를 반복했다. 수하는 검둥이에게 한쪽 팔을 물렸으나 칼등으로 그것을 세게 내리쳤다. 신경질적으로 으르렁대던 검둥이는 뒤로 물러났다가 다시 어둠 속으로 달아났다. 수하는 이 개새끼가 자신을 가지고 희롱하는 것 같아 언짢기 그지없었다. 그의 숨소리와 공기 중에 흐느끼는 개의 숨결만이 가득했다. 까딱 잘못하여 정신을 놓치면 덕풍이 주인 꼴이 나는 것은 시간문제였다. 그는 마른침을 삼키며 검둥이가 나올 순간을 가늠했다. 녀석은 기색을 숨기고 어둠 속을 훑고 있었다. 수하가 칼집에서 검을 꺼내자 검광이 비춘 곳에 검둥이가 서 있었다. 수하는 재빨리 검을 휘둘렀다. 그때 뒤에서 웬 사내가 웃었다. 개는 날뛰었고, 수하는 숨이 차기 시작했다. 맹수를 제압하기 위해서 필요한 것은 지구력이었다. 용맹과 민첩성도 필요하지만 단타전으로 끝내기 힘들 경우 장기전에 돌입하게 된다. 수하는 손에 땀이 나서 검을 쥐고 있기가 힘들었지만 놓치지 않기 위해 애를 썼다.

히히힝. 돌연 사납게 포효하는 말 울음소리와 함께 말발굽 소리가 가까이 다가왔다. 어둠 속을 가르고 갑자기 나타난 말馬에 의해 수하가 한눈을 팔게 되었고, 검둥이가 그런 그를 덮쳤다. 폐부를 찌르는 개의 송곳니에 수하는 격통에 사로잡혔다. 무슨 놈의 악다구니인지, 개새끼는 검으로 연신 찔러대도 이빨을 뽑아낼 생각은 하지 않았다. 오히려 더욱 깊게 파고들었다. 수하의 입에서 검붉은 핏덩어리가 토해져 나왔다. 그의 희미해져가는 시야에서 두 사내의 신발이 들어왔다. 한 놈은 낡디 낡은 미투리였고, 다른 놈의 발에는 검은 가죽으로 세공된 값비싼 흑혜가 신겨져 있었다. 그의 입에서 또 한 번 피가 뿜어져 나왔다.

"저 개새끼 죽었군. 당장 몸에서 떼어내게. 이자가 죽어선 안 되네. 어서!"

"이자, 내버려두면 필시 후일에 걸림돌이 될 것입니다. 그냥 여기서 숨통을 끊어놓는 것이 좋지 않겠습니까? 어차피 그대로 놔둬도 죽을 것입니다. 고통 없이 예서 목숨 줄 끊어놓는 것이 좋습니다."

"지금 내 말에 토를 다는 겐가? 저 개새끼의 사체나 거두게. 검둥이 사체가 관아로 가는 것을 막아야 하네. 더 긴말하지 않을 테니 사내는 거기 누이고 개만 거둬 사라지게나."

낡은 미투리를 신은 사내는 쉭쉭대는 목소리로 못내

불만인지 툴툴거렸고, 흑혜의 사내는 수하의 주변을 뱅뱅 돌더니 다시 말에 올라 사라졌다. 멀리서 화희가 시작되었는지 밤하늘은 불이 난 것처럼 화기가 밝았다. 수하의 가슴께에서 붉은 피가 왈칵왈칵 흘러나왔고, 그의 꿈속에서는 인생의 주마등이 스쳐 지나갔다.

'제길, 멋있게 한 생 잘 살았다 말하고 싶었는데 아직 감상 늘어놓을 만큼도 살아보지 못했군.'

저만치 시전 쪽에서 폭죽 터지는 굉음과 사람들의 탄성 소리가 어지러이 귓가로 스며들었다.

*

폭죽이 터지면서 어두운 밤하늘에 꽃이 만개했다. 휘지와 수연을 찾아 헤매던 미르의 머리 위에도 꽃이 피었다. 그녀의 눈에 얼싸안고 있는 휘지와 수연이 들어왔다. 오로지 휘지를 만나야겠다는 일념으로 꽉 차 있던 미르의 머리가 하얗게 방전되었다. 와들와들 떨리는 다리를 가누어 뒷걸음질 치던 미르의 눈과 휘지의 눈이 마주쳤다. 그의 눈동자가 크게 확대되었고 미르는 등을 돌려 그곳을 도망쳤다. 수연은 휘지의 몸이 움찔거리는 이유를 알 것 같아 품에서 그를 올려다보았다.

"가보시는 것이 좋겠습니다."

수연이 휘지의 품에서 빠져나와 그를 밀치어냈다. 눈물을 닦아내고 말끔한 얼굴이 된 수연은 방글 웃으며 그의 등을 밀어주었다. 휘지는 수연의 눈을 지그시 바라보았다. 수연도 그의 눈을 피하지 않고 받아주었다. 곧 그는 수연의 어깨를 스치고 미르를 쫓아 사찰 마당 쪽으로 뛰어갔다. 그가 사라지고 난 후 수연은 조심스럽게 허물어졌다.

*

숨이 가빴다. 하지만 미르의 심장은 숨이 차서 괴로운 것이 아니었다. 그녀는 도망갈 곳을 찾았다. 아무도 보이지 않는 곳, 아무도 자신을 볼 수 없는 곳으로 그녀는 도피하고 싶었다. 미르는 다리가 후들거려 제대로 달리고 있는지 헤아리기도 힘들었다. 발 가는 대로 달리다보니 어느새 탑이 위치한 사찰의 안마당으로 들어서고 있었다. 인적이 드문 곳으로 가려 했건만 정면으로 달리니 시끌벅적한 인파만 나타났다. 아무도 쳐다보는 이가 없음에도 그녀는 모두들 자신을 비웃고 있는 것 같아 앞으로 나아가기를 주저하였다. 그렇게 한자리에 머물러서 있던 미르는 뒤를 돌아보았다. 추접한 기대였다. 눈으로 확인해놓고서도 미련을 버리지 못하고 휘지가 자신을 쫓아 달려와주지는 않을까 기대하다니. 미르는 그대로 서서 아무것도 할 수가 없었다. 밤하늘을 올려다보니 여전히 작은 불꽃들이 요란하게 하늘을 수놓고 있었다. 미르는 눈물 콧물 질질 짜면서 어린아이처럼 서럽게 길을 나섰다.

순간, 미르의 몸이 강한 힘을 받고 뒤로 돌려졌다. 생전 보지 못한 다급한 표정의 휘지가 간절한 눈을 한 채 미르의 팔목을 부여잡고 있었다. 미르는 줄줄 새어 흐르는 눈물을 닦지도 못한 채 휘지를 바라보았다. 휘지가 숨겹게 말을 꺼냈다.

"왜…… 왜, 예까지 와서 그리 울고 있는 것이오?"

그의 등 뒤에서 터지는 화희로 인해 휘지의 얼굴은 더욱 극적으로 부각되었다. 미르는 현실감이 부족하여 멍하니 그 얼굴을 제 손으로 감싸보았다. 그 손길에 휘지도 당황하여 그저 그녀를 바라볼 뿐이었다.

"소저……."

"내가, 내가 먼저 말할게요. 내가 먼저 말할 수 있게 해줘요, 도령."

미르의 심절한 말투에 휘지는 고개를 끄덕이고 그녀

의 입을 주시하였다.

"도령이…… 도령에게 내가 귀찮고 성가신 존재일 수도 있어요. 나 스스로도 내가 민폐를 끼치고 있다는 사실, 잘 알고 있어요. 하지만 도령이 나를 타박하고 미워하는 건 참을 수 있어도 도령이 날 무시하고 없는 사람 취급하는 건 정말이지 참을 수 없을 만큼 고통스러워요."

그러려던 것이 아니었는데 정을 떼려던 행동이 미르에게 깊은 상처가 되었다는 사실에 휘지는 속이 쓰렸다. 그는 변명을 해보려 입을 벙긋거렸지만 미르가 말을 멈추지 않았다.

"그리고 도령의 마음이 어디에 있든 상관하지 않을 거예요. 좀 전까진 두려워서 포기할까 고민도 해보았지만 그러지 않겠어요. 거절당하는 게 무서워서 자기 마음을 숨기고 혼자 끝내는 건 죽는 것이 두려워 태어나지 못하는 어리석음과 진배없대요. 그렇기 때문에 나는 도령에게 내 마음을 전할 거예요. 불편해지더라도 지금 말하지 않으면 나중에 평생 후회할 테니까요."

미르가 심호흡을 했다.

"나는 도령을 좋아해요."

미르를 잡고 있던 휘지의 팔 힘이 세졌다. 덩치만 믿고 위세 부리는 사내들보다 여리디여린 여인네들의 심지가 더없이 강직하고 굳건하였다. 휘지는 그간 이것저것 자신과 미르를 둘러싼 모든 상황을 재고 따지느라 혼자서 번민하고 혼자서 정리해버렸다. 그런데 수연이나 미르는 올곧은 눈매를 잃지 않고 그들의 마음과 정면으로 대치할 줄 알았다. 휘지는 부끄러워 미르를 바라볼 힘도 남지 않은 것 같았다. 하룻밤 사이에 두 여인에게 먼저 순서를 빼앗기고, 그 마음을 아프고 졸이게 만들다니. 참으로 모자라고 우졸한 사내가 아닌가. 휘지는 미르의 팔을 놓지 않고 나머지 팔을 마저 잡아 시선을 고정하였다.

"소저, 나는 귀양장이에다가 그대가 좋아할 만한 그릇이 안 되는 사내입니다."

"자신을 깎아내리면서까지 저를 위로하려 하지 마세요. 저는 그냥 이대로 내려갈 것입니다."

"그런 것이 아닙니다. 가실 때 가시더라도 제 말을…… 끝까지 듣고 가주십시오."

휘지는 자신의 대답이 두려워 몸을 사리는 미르를 억세게 붙들고 놓아주지 않았다. 예상하고 있던 최악의 대답을 들을까 봐 그녀는 숨 죽여 휘지의 안색을 살폈다.

"저는 여태껏 누구도 마음에 담아보려 하지 않았습니다. 처지가 귀양장이 신세인지라 제게 시집오려는 여인도 없었고, 여인을 마음에 담을 여유 또한 제게는 없었습니다. 그렇게 시간이 흘렀고, 어느 추운 겨울날 눈송이를 닮은 여인 하나가 제 마음에 소리 없이 녹아들었습니다. 알아채지도 못했고 거부할 수도 없는 감정이더군요. 언제나 변함없던 제 일상에도 변화라는 것이 찾아왔고, 예상치 못했던 나날들과 감정들이 어지럽게 계속되었습니다. 그리고 결국 깨닫게 되더군요. '아, 나는 이 여인을 연모하고 있었구나' 하고 말입니다."

미르는 휘지가 말하고 있는 여인이 수연이라는 생각에 그렁그렁 눈물이 고였다. 어쩌면 이렇게 잔인한 남자가 다 있을까. 겨우겨우 고백하고 깔끔하게 돌아서려 했건만 왜 자신을 누더기로 만드는 것일까. 그러거나 말거나 휘지는 말을 계속했다.

"그런데 말입니다. 그 여인, 제게 영원할 수 없었습니다. 이 마음에 품고 있는 불덩어리야 영원할 수 있다 하여도 그 여인은 제 곁에 영원히 묶어놓을 수 있는 여인이 아니었습니다."

그가 잠시 침묵하였다. 미르는 그의 다음 말을 기다렸다.

"하지만…… 지금 제 심장은 무척이나 행복하여 박자를 잃고 채찍을 맞은 조랑말처럼 미친 듯이 날뛰고 있습니다. 높은 낭떠러지를 보지 않으면 떨어질 환난을 어찌 알며, 깊은 못에 가지 않으면 빠질 환난을 어찌 알겠

습니까? 그러니 제가 소저를 좋아하지 않고서 어찌 그
대와의 환난을 걱정하며 지레 포기할 수가 있겠습니까?
어불성설이지요. 해서…… 소저께서 저 같은 못난 사내
도 괜찮다 하시면 저 역시 소저를 연모하고 싶습니다."

미르를 놓아주려 마음에 대어놓았던 우람한 방패막이
와르르 무너지는 소리를 냈다. 그는 한 박자 숨을 고르
고 다시 말을 이었다.

"이 마음에 품은 첫 연정이자 마지막 연정을…… 그대
로 해도 되겠습니까?"

미르는 휘지를 원망하느라 처음에 그가 무슨 말을 하
는지 파악하지 못하였다. 그런데 불쑥 그의 입에서 연모
라는 말이 나오자 그녀는 잘못 들은 것은 아닌가 싶어
제 귀를 의심해보아야 했다. 그녀는 그의 말에 불신감이
올라 할 말은 떠오르지 않고 멍하니 그의 얼굴만 들여다
보았다.

"도령의 심중의 여인, 제가 확실한 것입니까?"

"이렇게까지 고백하였건만 소저에게 믿음을 드리지
못했다면 그대를 향한 제 마음의 부족함 때문이겠지요.
허나 거듭 말씀드린다 하여도 이놈을 이다지도 쥐어흔
들 수 있는 사람은 소저 한 사람뿐이었소."

"하오나…… 도령께는 수연…… 아가씨가 있는 것이

아닙니까?"

휘지가 웬 뚱딴지같은 오해를 하고 있느냐며 미르를
응시했다.

"소저께서는 그분의 의중을 알고 계셨던 것이군요."

"수연 아가씨께선 도령을 진심으로 연모하고 계십니
다."

"지금 제게 그런 말을 하시는 것은 소저의 진심입니까?
아니면 짓궂은 장난입니까? 두려움을 극복하겠다 하고
선 이리 망설이는 연유가 따로 있으십니까?"

휘지의 말이 맞다. 못된 망설임에 불과했다. 그녀의 마
음에 잔재하던 수연에 대한 죄책감들은 모두 사라져버
린 지 오래였다. 단지 미르는 휘지의 진심을 떠보고 싶
었다. 그의 마음에 남아 있는 한 오라기 실낱마저도 다
발가벗겨서 그의 알맹이를 탐닉하고 싶었다.

"매일 밤 꿈꿔온 일인데 이리 급작스럽게 찾아오니 현
실성이 떨어져서 그럽니다."

"이러면 좀 현실감이 느껴지시오?"

휘지가 미르의 손에 자신의 손을 포개어 잡았다. 휘지
는 자신이 잡아놓고서 쑥스러운지 고개를 두어 번 저으
며 헛기침을 했다. 그러더니 미르와 눈이 마주치자 환하
게 웃었다.

"그간 너무하셨습니다. 눈도 마주쳐주지 않고 입씨름도 해주지 않고."

"그것은 나름대로 우리 밥낭 누이를 마음에서 접기 위한 각고의 노력이었소."

"지금 절더러 밥낭이라 하셨습니까?"

"그렇습니다. 대수로울 것도 없는 일이온데 어찌 이리 과하게 반응하십니까?"

휘지가 생글 웃었다. 그 미소에 미르는 가슴이 벅차 엉망진창으로 해이解弛해진 얼굴로 그를 바라보았다.

"도령께서 심술을 부리는 통에 그간 밥낭이라 불러주시지도 않으셨잖습니까?"

휘지는 미처 깨닫지 못하고 있던 일인 데다 사소하고 자잘한 일이어서 일일이 신경 쓰지도 않았다. 하지만 미르에게 있어서 '밥낭'이라는 당호는 휘지가 지어준 것이었고, 그와 이어져 있다는 연대감의 징표였기에 가벼이 치부할 일이 아니었다. 휘지는 터져 나오려는 웃음을 뒤로 숨기고 재차 밥낭이라는 말을 들려주었다.

"그만하시지요. 장난은 받지 않으렵니다. 그리고 이제 부턴 토라지거나 괴로운 일이 있으면 속으로 꿍하지 말고 터놓고 말씀하셔야 해요."

"예예, 밥낭. 그리하지요."

마주 잡은 손으로부터 전해져오는 따스함이 간지러워 둘은 쿡쿡 웃기를 반복하였다. 사찰의 하늘 위에도 화희가 아름답게 피어났다. 탑돌이를 하던 사람들도 멈춰 서서 하늘을 올려다보았다. 사람들의 시선이 하늘로 쏠리자 미르는 휘지의 뺨에 입술을 맞췄다. 휘지도 까만 밤하늘에 넋을 놓고 있다가, 기습적으로 닿아온 미르의 보드라운 입술에 놀라 그녀를 바라보았다. 여우 같은 아가씨다. 순수한 생김새에 요염한 입매로 자신을 바라보는 미르에 의해 휘지는 온몸의 근육이 불끈불끈 솟아올랐다. 휘지의 뺨에 꽃보다 붉은 꽃이 피었다.

　"오늘 같은 날에는 부처님도 눈감아주신답니다."

　미르는 순진한 얼굴을 하고선 능구렁이 비슷한 말을 잘도 했다. 휘지는 미르의 손을 잡고 인적 드문 사찰의 뒷산으로 올라가기 시작했다. 무엇이 그리 즐거운지 그들은 잡은 손을 놓지 않고 끝없이 위로 내달렸다. 앞을 가로막는 나무의 장막들을 가뿐하게 걷어치우고 둘만이 함께할 수 있는 숲 속의 작은 공터로 향했다. 한참을 달리느라 숨이 찼던 미르는 휘지의 손을 잡고 밤이슬이 내린 촉촉한 수풀에 풀썩 몸을 내맡겼다. 휘지도 숨을 고르며 그녀의 옆에 누워 하늘 한 번, 미르의 얼굴 한 번 번갈아보았다. 그가 푸스스 웃었을까. 귓가에 간지러운 바람이 부르르 떨고 사라진 것 같았는데. 미르가 휘지를 바라보았다. 고요하고 차분한 그의 눈꺼풀에 달빛이 내려앉아 반짝반짝 빛났다. 누워 있는 미르 쪽으로 비스듬하게 자세를 고친 휘지는 상체를 세워 미르의 얼굴에 자신의 얼굴을 가까이 갖다댔다. 뜨거운 콧김이 뒤얽히고 둘의 숨결이 지척에서 오고 갔다. 휘지는 상기된 얼굴로 미르의 이마에 자신의 입술을 살포시 포개어왔다. 휘지의 열기가 덩어리져 미르의 이마로 훅 끼쳐왔다. 그녀는 행복해서 눈을 감았다. 휘지는 천천히 그리고 세심히, 그녀의 눈꺼풀에서 오똑한 콧날, 그리고 도톰하게 부풀어 오른 입술까지 달콤하게 훑어갔다. 그는 희롱이라도 하듯 입술 근처에서는 진득하게 시간을 가지고 부비적거렸다. 수풀의 촉촉한 밤이슬이 그들의 옷자락에 스며들었고, 그보다 더 두근거리게 휘지가 미르에게 스며들고 있었다. 미르는 휘지의 어깨를 그러잡고 오랫동안 그 뜨거운 품에서 눈을 감고 그를 빨아들이고 있었다. 그녀는 그의 열기가 강하여 등허리가 차갑게 젖어드는 것도 잊고 말았다. 흥분과 기쁨으로 도취된 미르는 휘지의 허리를 두 팔로 감았다. 그 기세에 휘지가 중심을 잃고 미르의 위로 엎어졌다. 그녀의 적극적인 몸놀림에 놀란 휘지가 입술을 떼어내고 미르를 빤히 내려다보았다. 정말이지, 이 아가씨는 방정맞고 잔망스럽기가 하늘에 용솟음칠 정도였다. 그런데도 어쩌자고 이 요물스러운 아가씨가 이토록 사랑스럽게 보이는 것인지 콩깍지가 끼어도 단단히 낀 모양이다. 그는 자신의 속종에서 끓어오르는 야수 같은 욕정을 가까스로 내리누르며 자세를 가다듬었다. 갑자기 떨어져 나간 휘지를 향해 미르는 입술을 내밀고 불만족스러운 표정을 지었다. 그는 자신을 재촉하는 미르의 눈짓을 무시하고 입술을 톡 두드렸다.

"그만 일어납시다. 밤이 어둡고 시간이 깊으니 집으로 돌아가는 것이 좋겠습니다."

한창 즐기던 참이었는데 휘지가 김새는 소리를 하니 미르는 입맛만 다셨다. 휘지는 그 모습이 우습기도 하고, 당장에라도 품고 싶을 정도로 귀여워 속으로 '참을 인忍'자를 몇 번이나 새겨보았다.

"어허, 진정하시오. 우리 밥낭 누이께서는 밥을 자실 때에도 급히 드시더니, 남녀 간의 애정지사에 있어서도 너무 성급히 구는 것 아니오? 나는 이렇게 점잖지 못한 아가씨는 싫습니다."

근엄한 표정으로 돌아간 휘지 때문에 샐쭉해진 미르의 얼굴엔 잔뜩 먹구름이 끼었다.

"여…… 여인에게 망측한 소리도 다 하십니다. 내가

언제 급하게 굴었단 말입니까? 다만 나는 처…… 첫 키스였단 말입니다!"

얼굴을 붉히면서도 할 말은 다 한다고 미르는 소리를 빽 지르며 두 손으로 제 얼굴을 가렸다. 휘지는 '키스'가 무슨 말인지는 알아듣지 못하였으나 미르의 '처음'이라는 말에 귓불까지 새빨개져서 머리가 어지러웠다. 어디까지 자신을 유혹할 참인가. 정신력 하나로 이성과 정욕의 두 가지 줄을 팽팽하게 유지하고 있었지만 휘지도 이성보다는 몸이 먼저 반응하는 사내가 아닌가. 그는 보리수 옆에서 악마의 유혹을 이겨낸 부처가 된 듯, 여전히 누워서 어쩔 줄을 모르는 미르를 앞에 두고 하체를 간질이는 꾀임을 이겨내기 위해 이를 악물었다.

"소저께서 이러시면 저도 소저의 순결을 지켜드릴 수가 없습니다. 제아무리 금욕적인 사내라도 사내는 죄다 하체가 먼저 달아오르는 족속들입니다. 그러니 소저께서도 저를 제외한 남자는 아무도 믿지 마십시오. 입으로는 달콤한 말을 하면서 머리로는 응큼한 수작질을 꾸미고 있으니 말이오. 아니, 실은 저도 믿지 마십시오."

사실 몸 가는 대로 마음 가는 대로 움직였을 뿐인데 휘지가 과민 반응을 보이자 미르 역시 뒤늦은 부끄럼이 일어 발딱 자리에서 몸을 일으켰다.

"무슨 말씀을 하는 것인지 모르겠습니다."

"예, 그러시겠지요. 저만 금수만도 못한 사내로 만드시고 우리 밥낭은 발도 참 잘 빼시는구려. 아무튼 이것 하나만 명심해주시오. 나는 소저를 무척이나 소중히 여기기 때문에 정식 혼례 이전에 소저를 건드는 파렴치한 짓은 하고 싶지가 않습니다. 헌데 좀 전처럼 무의식적으로 이놈을 유혹하시면 저도 더 버틸 수 있을는지 모르겠습니다. 허니 저를 대하실 때에는 지금처럼 경계심을 늦추지 마십시오."

휘지 안에 숨어 있던 소년이 한 글자씩 신중하게 고백했다. 장난꾸러기를 닮았으면서도 수줍어하는 그가 아름다워 미르는 여인의 심금을 홀릴 줄 아는 휘지가 불안해지기 시작했다. 실로 달이 가려지고 꽃도 부끄러워할 정도의 연인이 탄생하였다.

4.

"누구 없소? 살려주시오. 제발 누가 좀 도와주십시오."

어둠 속을 가르고 여인의 날카로운 울음이 공간을 메웠다. 여인은 다 죽어가는 자신의 지아비를 부둥켜안고 제대로 된 비명도 지르지 못하고 있었다.

"서방님, 정신을 차리십시오. 정신을 차리셔야 합니다. 예서 이리 정신을 놓으시면 아니되셔요. 저를 홀로 놔두고 어디로 가려고 이러십니까?"

여인은 제정신이 아니었다. 분명 인적이 많은 시가지로 나가라고 하였지만 그녀는 불안한 마음에 제자리만 서성이다가 조금 뜸을 들여 남편의 뒤를 쫓아갔다. 그런데 지금 그녀의 앞에 펼쳐진 광경은 처참 그 이상이었다. 사지가 뒤틀리고 찢겨져 나간 시체만으로도 혼미할 지경인데 그 옆에 자신의 지아비가 피를 토하며 쓰러져 있었다. 조그만 생채기에 난 피도 무서워서 몸서리를 치던 여인인데, 그녀는 제 남편의 맥을 짚어보기 위해 몸에 걸친 의복이 피투성이가 되는 것도 신경 쓰지 않았다.

"게 누구 없습니까? 제발 누가 좀 도와주세요. 사람이…… 사람이 죽어갑니다."

여인의 외침은 처절해져갔지만 거리에는 인기척이 없었다. 여인은 제 치마를 찢어 남편의 상처를 싸매며 어떻게든 지혈을 해보고자 노력하였다. 이 각 정도가 지났을까. 뒤쪽에서 터덜터덜 사람 걸어오는 소리가 들렸다. 여인은 남편의 장도를 바로잡고 소리가 나는 쪽으로 귀를 기울였다. 낯익은 사내가 눈앞의 상황을 헤아리기 위해 게슴츠레 정면을 살폈다. 여인은 살았다는 안도감에 다시 새청맞은 비명을 질렀다.

"나리, 나리 이쪽으로 오셔요. 제발 저희 남편 좀 도와 주십시오."

사내는 여인의 목소리를 알아듣고 헐레벌떡 그들이 있는 곳으로 다가왔다. 그도 사람의 시체와 개의 사체를 보았는지 안면에 경련이 일었다. 이내 정신을 차리고 여인과 지아비를 바라본 사내는 이게 무슨 변고인가 싶어 심각한 표정이었다.

"예희 아가씨가 아니십니까? 어찌하여 한명께서 이런 변고를 당하셨습니까?"

"취성 나리, 저도 모르겠습니다. 사람 비명 소리가 들려 남편이 달려간 것까지는 보았으나 대기하고 있으라 하셔서 따라가지 못했는데, 다 제 불찰입니다. 서방님께서 뭐라 하셨건 간에 제가 곁을 지켰어야 했는데……."

"아니지요. 그것은 한명께서 잘하신 것이지요. 한명 같은 분이 이리 당하신 것을 보면 부인까지 곁에 계셨다면 둘 다 황천길로 갔을 것이 뻔하오. 아직 맥이 잡히니어서 관아로 옮기는 것이 좋겠습니다. 제가 한명을 업고 달릴 터이니 부인께서는 어서 의원을 불러오십시오. 한시가 급한 상황이니 한달음에 달려가셔야 합니다."

예희는 눈물을 닦고 의연하게 일어서서 시가지에 위치한 약방을 향해 달렸다. 도명은 피투성이의 수하를 등에 둘러메고 관아로 바삐 발을 움직였다.

*

"도령, 이것 좀 보세요. 다른 등이랑 달라요."

미르가 가리킨 것은 등 중에서도 가장 아름답기로 소문난 영등影燈이었다. 초롱이 바람에 빙빙 돌면서 사슴이며 사냥개 등의 그림자가 둘의 피부를 어지러이 돌아다녔다. 미르는 그것이 신기하고 재미있는지 자리를 뜨지 못하고 계속 바라보았다.

"이보오, 밥낭. 그만하고 이제 다른 곳으로 구경을 가시든가 집으로 갑시다. 언제까지 망부석처럼 예 서 계실 것입니까?"

"그렇지만 이것을 보니 제 방에 있던 모빌이 생각나는 것이 친숙한 느낌이 든다고요. 하나만 사면 안 될까요?"

"허참, 우리 밥낭께서는 참으로 염치도 없으십니다. 대체 간식을 몇 개나 드셨으면서 또 뭘 사달라고요. 가지고 나온 돈은 간식비로 다 써버렸으니 영등은 사드릴 수가 없습니다."

실실 웃으며 그가 미르의 팔을 잡아당겼다.

"그럼 잠깐만요, 잠깐만 더 구경하고 가요. 네?"

"되었습니다. 충분히 보았으니 이제 자리를 뜨시지요. 대신 집에 가서 소저의 마음에 찰 만한 영등을 만들어드리리다."

"집에서도 만들 수 있는 거였어요?"

"별로 어려울 것도 없지요. 초롱 안에 회전 기구만 설치하면 된답니다. 그다음엔 소저께서 새겨 넣고 싶은 문양을 마음껏 오려 넣으면 되니 이만 집으로 갑시다. 봄바람이라 하나 밤이라 꽤 찹니다."

휘지의 청신淸新한 미소에 미르는 이 남자가 내 남자구나 싶어 찰싹 달라붙어 걸었다. "네, 네, 오늘은 도령이 해달라는 대로 다 해드리지요" 하고 말하면서 말이다.

*

사람들로 붐비는 시전 거리에서 우레 소리보다도 우렁찬 사내의 목소리가 들려왔다. 너도나도 무슨 일인가 싶어 좌우를 두리번거렸고 휘지와 미르도 소리 나는 곳으로 시선을 돌렸다. 인파를 뚫고 봉구가 성난 황소처럼 둘을 향해 돌진해 오고 있었다.

"미르 아가씨, 아이고 찾느라 애를 먹었습니다요. 여기 이러고 계실 것이 아니라 관아로 급히 가셔야 합니다."

"봉구야, 너는 주인은 눈에 들어오지도 않느냐? 어찌 어미 잃은 송아지처럼 아가씨만 찾고 있어."

"도련님, 그리 실실 웃고 계실 때가 아니란 말입니다. 한명 나리께서 사경을 헤매고 계신다 하옵니다. 서둘러 가셔야 합니다. 아가씨, 서두르시지요."

"네 어찌 자다가 봉창 두드리는 소리를 하느냐? 형님은 세 시진 전까지도 멀쩡히 나와 축제 구경을 하고 계셨다. 그런데 형님께서 어찌 사경을 헤매?"

"그것이…… 자세한 것은 저도 모릅니다. 이놈도 저잣거리에서 놀고 있는데 갑자기 어디서 나타나셨는지 성강 나리께서 제 옷소매를 부여잡고 도련님께 알리라 하셨습니다요."

"성강께서 말이냐? 그분은 지금 어디 계시고?"

"들리는 말에 따르면 성강께서는 약재를 구하러 건너마을까지 다녀오신다 하셨습니다. 이렇게 떠들고 있을 시간도 없습니다. 한명 나리 목숨이 경각에 달했다 하는데 꾸물거리고 있을 시간이 어딨습니까?"

땀을 뻘뻘 흘리고 있던 봉구가 발을 동동 구르며 어서 가기를 재촉했다. 휘지도 놀란 가슴을 추스르고 미르의 손을 잡아 관아를 향해 발을 잽싸게 놀렸다. 미르와 웃고 떠드는 사이 절친한 수하가 봉변을 당했다는 사실에 그는 심장이 쿵덕거려 오늘따라 길이 더 멀어 보였다. 옆에서 미르가 포근히 손을 잡아와 그를 진정시켜주었다.

드디어 다다른 관아의 외관은 평상시와 다를 바가 없었으나 내아로 들어가니 사람들이 분주하게 오가는 통에 아비규환이었다. 피 묻은 천과 핏물이 흥건한 대야를 옮기는 사람들 사이에서 창백하게 질린 연 대감과 수연이 대청마루에 주저앉아 있었다. 수하를 둘러메고 오느라 소색 도포의 등짝이 벌겋게 물든 도명도 망연한 표정으로 주춧돌 쪽에 걸터앉아 있었다.

"괜찮으십니까? 대관절 이게 무슨 일인지…….."

아무리 지엄함과 평정심을 갖춘 오십 줄의 연 대감이라 할지라도 자식을 앞세울지도 모른다는 공포에 침통하여 휘지의 질문에 제대로 대답할 수가 없었다. 대신 수연이 휘지에게 조곤조곤 제 오라비의 상태를 전했다.

"정확히 무슨 일이 일어났는지는 언니도 보지 못하여 알 수가 없다 하셨어요. 집으로 귀가하는 길이었는데 갑자기 사람 비명 소리가 들려 오라버니만 그쪽으로 가셨다 합니다. 언니는 걱정이 되어 시전가로 돌아가지 못하고 오라버니를 뒤늦게 쫓아가셨는데…… 만신창이로 쓰러져 계셨다 하더군요. 의원의 말에 의하면 거대한 짐승에게 당하신 것 같다는데, 상처가 깊고 피를 많이 흘리시어 어찌될지 모른답니다. 나무아미타불 관세음보살. 부처님, 제발 우리 오라버니를 구해주세요."

얼마나 울었는지 지쳐 탈수할 지경에 이른 수연을 휘지와 미르가 토닥였다.

"서방님!"

방 안에서 예희의 날카로운 외침이 들렸고, 피투성이가 된 의원이 지친 기색으로 방문을 열고 나왔다. 문틈으로 바닥을 가득 적신 수하의 피가 보였다. 예희는 그 옆에서 수하의 하얗게 질린 손을 부여잡고 그보다 더 시체같이 질리어 있었다.

"상처가 너무 깊고 오랫동안 피를 흘리신 데다 쑥을 처방하였음에도 불구하고 여전히 출혈이 멎지 않아 오늘을 넘기기가 어려울 것 같습니다."

예희는 끝까지 제 남편의 곁을 지키려고 입술에 피가 비치도록 세게 물어 혼절을 피하고 있었다. 수연과 연대감도 방 안으로 뛰어 들어갔고 휘지와 미르, 그리고 도명도 그 뒤를 따라 안으로 들어갔다. 수하의 가슴께에 깊게 패인 상처는 육안으로 보기에도 참담할 지경이었다. 휘지는 저도 모르게 미르를 향해 애원 섞인 눈길을 보내고 말았다. 미르도 마음먹은 바가 있는지 걱정하지 말라며 화답했다. 그녀가 작은 입을 열어 방에서 물러나 주기를 부탁했다.

"송구하오나 한명 나리께서 누워 계신 내아의 안과 바깥을 서성이는 모든 분들을 관아 앞마당으로 내보내주실 수 있으십니까?"

"무슨 말인가? 거들어줄 한 사람이 아쉬운 판에 어찌 종복을 비우라 하는 것이야?"

"미르 낭자, 지금 무슨 말을 하고 계시는 것이오?"

연 대감이 서슬 퍼렇게 미르를 다그치자 이번엔 휘지가 거듭 청을 넣었다.

"형님이 위중하시니 길게 다툴 시간이 없습니다. 영감, 부디 더 묻지 마시고 누이의 말대로 사람들을 비워주십시오. 누이는 한양에서 의술을 배웠습니다. 그러니 형님을 도와드릴 수 있을 것입니다. 아뢰옵기 죄송하오나 여기 계신 영감과 수연 아씨, 그리고 취성께서도 자리를 비워주실 순 없으시겠습니까?"

휘지의 밑도 끝도 없는 부탁에 사람들은 놀라서 이게 무슨 황당한 일인가 하고 화가 치밀어 오르기 시작했다. 휘지가 다시 입을 열려고 할 즈음 미르가 그의 말을 막아섰다.

"자꾸 거짓말하실 필요 없습니다. 여기 계신 분들도 나가실 필요가 없고요."

"하오나 누이 무리하실 것 없소."

"무리하는 것이 아닙니다. 제가 예희 아씨와 한명 나리께 받은 은혜가 깊어 할 수 있는 한 최선을 다하고 싶어 그러합니다. 그리고 가족분들을 어찌 저 때문에 나가라 마라 한단 말입니까? 여기 계신 분들, 믿을 만한 분들이시고 입이 무거운 분들이라 의심치 않습니다. 더 떠들시간이 없으니 시작하겠습니다."

연 대감은 미르가 미덥지 못하여 재차 성을 내며 그녀를 방 바깥으로 물리치라 호통쳤다. 하지만 휘지와 미르의 전에 없이 진지한 표정에 심지를 굳힌 예희가 저지하면서 치료가 시작되었다. 미르는 상처 부위의 감염을 막기 위해 술을 이용하여 소독을 하기 시작했다. 그녀는 수하의 상처를 유심히 살펴본 이후, 별다른 감염이나 병균이 없음을 확인했다. 폐가 찢기고 갈비뼈, 늑골이 나가긴 하였으나 미르가 회복시킬 수 있는 정도였다. 순식간에 미르의 푸른 눈에 광채가 돌더니 그녀와 수하를 둘러싸고 따스한 빛무리가 일렁이기 시작했다. 방 안의 사람들은 보고 있는 것이 믿기지가 않아 어안이 벙벙하였다. 휘지만이 침착하게 미르의 옆에서 그녀의 휘청거리는 몸을 고정시켜주고 있었다. 휘지는 범에게 당하고 차가운 눈송이를 맞으며 죽어가고 있던 때가 떠올랐다. 바로 이 빛과 온기였다. 그를 죽음에서 생으로 돌린 광채였다. 서서히 수하의 몸에서 흘러나오던 붉은 피가 응고되더니 출혈이 멎었다. '버걱' 대는 소리와 함께 엇나가고 부러졌던 갈비뼈가 제자리를 찾기 시작했고, 폐의 세포가 재생되면서 뚫렸던 구멍이 메워졌다. 뼈와 살이 움직이는 고통에 수하가 몇 번 신음을 흘리긴 하였으나 점차 편안한 숨소리로 바뀌었다. 드디어 수하의 가슴에 난 보기 흉한 자국까지 말끔히 사라지면서 그는 잠든 것처럼 고요해졌다. 휘지가 수하의 코밑에 손가락을 가져다대 호흡을 확인하고 나서야 방 안 전체에 안도감이 감돌았다. 환부에 손을 대고 있던 미르도 초췌하게 미소 짓더니 풀썩 고꾸라져버렸다.

*

　미르는 수하가 누워 있던 맞은편 방에 뉘여 있었다. 어느새 방 안으로 들어온 봉구를 포함하여 다섯 명이 미르의 옆에 둥글게 모여 앉아 놀라움에 말을 잇지 못했다. 봉구는 상전들의 눈치를 살피더니 바깥에서 들여온 다상을 받아 찻잔을 돌렸다. 넋을 놓고 먼 산을 바라보던 사람들이 맑은 차향으로 마취에서 깬 듯 눈동자에 생기를 되찾았다. 수하의 수발을 들다 잠시 건넛방으로 넘어온 예희 또한 찻잔을 받아 들고 한 모금 입에 머금어보았다.

"미르…… 소저께서는 괜찮으신 겁니까?"

"예, 지쳐서 쓰러진 것뿐이지 어디가 안 좋아서 그런 것은 아니니 걱정 마시지요. 지금은 형님 걱정만 하셔도 됩니다."

"교학 나리, 정말 감사합니다."

"제게 하실 말씀이 아닙니다. 나중에 누이가 일어나면 누이에게 하세요."

"예, 그럼요. 하고말고요. 미르 소저에게 백골난망白骨難忘할 것입니다."

예희는 벅찬 눈으로 누워 있는 미르를 바라보았다. 그녀의 옆에서 연 대감은 심중에 걸리는 것이 있는지 헛기침을 토했다.

"어험! 교학, 자네 누이는 뭐하는 사람인가?"

연 대감의 기침 소리에 미르가 눈을 떴다. 휘지가 즉시 곁으로 다가서서 땀에 젖은 미르의 머리카락을 넘겨주었다. 미르도 웃으며 휘지의 볼을 만지더니 인기척을 느끼고 자리에서 일어났다.

"소저께서는 교학의 누이가 맞으신가?"

낮고 묵직한 음성이었다. 미르는 연 대감의 눈길을 피하지 않고 응시하였다. 이미 이런 날이 다가올 것을 준비하고 있었는지 미르는 침착하게 말을 이었다.

"언젠가 이런 날이 오리라고 생각하고 있었습니다. 제게 살갑게 대해주시는 예희 아가씨와 수연 아가씨, 그리고 영감과 한명 나리, 취성 나리. 모든 분들을 속이고 사느라 저 또한 가슴 한편에 죄책감을 갖고 있었답니다. 영감께서 지금 생각하시는 대로 저는 도령의 누이가 아닙니다. 그리고…… 저는 지구인도 아닙니다."

"지구인이 아니라는 말이 무엇을 말하는 것인가?"

"사람이 아니라는 말입니다."

"그럼 소저는 요괴인가?"

"요괴는 아닙니다."

"영감, 미르 소저는 하늘에서 내려온 사람입니다. 제가 겨울 산에 나무를 하러 갔을 때 처음 소저를 만났지요."

"교학 자네에게 묻지 않았네. 그리고 지금 무슨 말이 하고 싶은 것인가?"

"미르 소저는 선녀입니다. 떨어지는 유성과 함께 내려오는 것을 제가 보았지요. 다시 올라갈 방법을 몰라 방황하는 것을 제가 집으로 모신 것입니다. 그러니 소저더러 요괴라 말하는 것은 삼가주십시오."

"맞습니다요, 영감. 우리 미르 아가씨는 하늘에서 내려온 선녀님입니다. 처음 봤을 때, 보도 못한 하늘의 복색을 하고 있었습죠. 게다가 죽기 직전의 우리 도련님의 목숨을 구해준 것도 아가씨였습니다. 지금도 보십시오. 의원도 가망 없다 하던 한명 나리도 살려내지 않았습니까."

"은혜를 모르는 것은 아니나 나는 정체도 모르는 아가씨를 우리 고을에 두고 볼 수가 없네. 허나 이 아가씨께서 진정 선녀가 맞다는 증거를 보여준다면 내 우리 수하를 살려준 보답도 할 겸 이 일은 함구하도록 하겠네."

야박하긴 하지만 한 고을의 수령으로서 옳은 결정이었다. 연 대감의 단호한 결정에 더 숨길 것이 뭐가 있나 싶어 휘지는 미르에게 예전에 보여준 허상을 보여달라고 했다. 미르 역시 고을에서 쫓겨나는 불상사는 막고 싶었다. 이제야 휘지의 마음을 확인했는데 그를 두고 어딜 갈 수 있겠는가. 미르는 주섬주섬 노리개 옆에 달아 두었던 기계를 꺼냈다. 막상 꺼내긴 했는데, 자신이 실제로 선녀가 아니니 무엇을 어떻게 보여줘야 연 대감의 마음을 흡족하게 이해시킬 수 있을지 고민이 되었다. 휘지야 자신을 철석같이 믿으니 뭘 보여줘도 긍정적으로 받아들이겠지만 다른 사람들이 보았을 때 어떻게 받아

들일지 무슨 수로 안단 말인가. 혹여 요물이 부리는 술수나 요술 정도로 치부해버리면 미르가 할 수 있는 것은 아무것도 없었다. 그녀는 방 안 사람들을 찬찬히 뜯어보곤 버튼을 눌러 허공에 알 수 없는 좌표와 우주의 이미지를 띄워 올렸다. 난생처음 보는 요상한 그림에 화들짝 놀란 수연은 예희의 등 뒤로 숨었고, 연 대감은 놀란 티를 감추기 위해 두 눈을 부릅뜨고 자세히 들여다보았다. 홀로그램을 하나하나 살피던 도명은 헉 소리를 내며 가까이 다가가 영상을 만져보았다. 눈앞에 떠오른 별들을 만져보려는 그의 손길이 공중을 갈랐다.

"이것은…… 별들이 아닙니까? 이것, 그리고 저것은 오성五星이 맞지요, 낭자?"

"예, 이건 여러분들이 보고 계신 우주와 삼라만상의 모습입니다. 송구하옵게도 제가 보여드릴 수 있는 것은 이것뿐입니다. 천기를 누설하는 것은 저라도 해선 안 되는 일이기에 더 이상의 것은 보여드릴 수 없습니다."

미르는 고새 거짓말이 부쩍 늘어 그럴싸한 말들로 얼버무렸다. 귀 기울여 듣고 있던 연 대감은 지그시 눈을 감고 생각을 정리하더니 얼굴색을 고쳤다.

"내 소저께서 선녀라는 것, 아직도 확실히 믿지는 못하겠습니다. 허나 소저께서 아들의 목숨을 구해주신 생명의 은인이라는 점은 확실합니다. 게다가 교학이 그리 보장하는 분이니 믿어보지요. 교학이 옆에 있는 한 소저께서도 불측한 일을 하시진 않을 것이라 사료됩니다. 지금은 모두가 지쳤고, 소저께서도 기진해 보이시니 쉬시다가 내일 아침을 들고 퇴청하도록 하시지요. 그리고 소저를 받아들인다 하여도 당분간은 주시할 것이니 명심하십시오."

말을 무뚝뚝하게 하여도 음정이 떨리는 것으로 보아 여간 놀란 게 아니었던가 보다. 예희와 수연도 얼이 빠져 미르를 흘끔댔다.

"달라진 것은 없습니다. 그리 보지 마셔요."

무안하여 미르가 한마디 하자 예희와 수연도 정신을 차리고 어색하게 웃었다. 예희가 미르의 손을 잡고 거듭 감사 인사를 했다. 도명은 여전히 홀로그램에 정신이 팔려 채신머리없이 공중에 손사래를 치더니 대뜸 미르에게 다가왔다.

"그럼 꽃놀이 때, 다친 나를 살려주신 것도 낭자였소?"

"비틀대는 스승님 꼴이 우스워 제가 도와드렸지요."

"아아, 역시 그랬군. 아까 한명 몸에서 나던 빛무리를 보고 나도 본 빛이라 여겼더니 낭자가 나를 살려준 것이 맞았어."

도명은 본디 학자가 아닌가. 궁금한 것이 있으면 밤이
새도록 설전을 벌일 수 있는 사내였다. 그가 본격적으로
미르의 앞에 가부좌를 틀고 이야기를 시작하려 하자 휘
지가 저지하고 나섰다.

　"누이께서 워낙에 튼튼하여 멀쩡해 보이나 형님을 치
료하느라 진을 다 뺐습니다. 오늘은 그만 돌아가시고 내
일이나 다시 오셔서 못다한 이야기 나누시는 것이 좋겠
습니다."

　"그러시지요, 스승. 도령의 말마따나 노곤하여 눈꺼풀
뜨고 있기도 힘겹습니다."

　"그……렇다면 하는 수 없지요. 대신 내일은 내게 시
간을 내주셔야 합니다."

　"그러세요. 미르 소저께서도 안색이 창백하십니다. 오
늘은 푹 쉬시고 내일 뵙겠습니다."

　예희와 도명, 수연은 미르가 쉴 수 있도록 자리를 피해
주었다. 세 명이 차례로 나갈 때까지 휘지는 밖으로 나
가지 않고 여전히 방 안에 서 있었다. 미르는 그를 바라
보며 가까이 오라 손짓하였고 휘지는 그녀의 등 뒤에 자
리를 잡고 앉아 어깨를 감싸 자신 쪽으로 안았다.

　"수고하셨습니다. 괜찮으십니까?"

　"뭐 나쁠 것이 있었습니까?"

"허나 정체가 다 들통 났으니 이제 행동거지 하나하나에 신경을 쓰셔야 할 것입니다."

"그것이 뭐가 문제겠어요. 도령이 곁에 있어줄 텐데."

"맞습니다. 이제 제게 기대어 눈 좀 붙이세요."

그가 미르의 앞머리를 넘겨준 뒤, 그녀의 분홍 댕기를 손에 거머쥐었다. 조심스럽고 부드러운 손길에 미르는 편안해져서 잠이 솔솔 왔다. 그녀는 좀 더 그의 손길을 느끼고 싶어 꾸벅꾸벅 졸면서도 눈을 뜨려고 안간힘을 썼다. 휘지는 함박 미소를 짓고 미르의 이마에 입을 맞추었다.

5.

"몸은 어떠십니까? 움직이는 데 불편함은 없으십니까?"

"교학 왔는가? 내 편히 누워 끓여다주는 탕약만 먹으니 불편할 곳이 어디 있겠는가. 오히려 몸이 찌뿌둥한 것이 이젠 그만 일어나서 돌아다녔으면 하네."

"그러다가 부인께 호되게 꾸중을 들으십니다."

"허허, 그러니 말이네. 나도 알고 있다네. 설향이 고년도 내 얼굴 보고파서 목이 빠졌다고 하던데……. 자네 나와 몰래 부용각에 다녀오지 않겠는가?"

"죽을 뻔하셔놓고서도 난봉꾼은 어쩔 수가 없는 모양이군요. 저는 예희 아씨 무서워 그리 못하겠으니 제 핑계 대지 말고 다녀오시던지요."

"이 친구, 죽다 살아난 벗의 소원도 들어주지 않다니. 매정한 친구로구먼, 허허."

탕약을 삼키고 오만상을 찡그리는 수하의 입에 휘지가 당과를 집어넣어주었다. 오물오물 잘도 받아먹는다. 사흘을 내리 잠에 들었다 일어나 약과 밥을 꼬박꼬박 먹었더니 수하는 병색이 많이 가시어 있었다. 송장 같던 며칠이 지나 피골에 살이 오르자 예전의 훤칠한 외모도 돌아왔다. 휘지는 수하가 무사한 것이 안심이 되어 전보다 더 굼슬겁게 농을 주고받았다. 수하도 명색이 무관이라 하는 자가 작살이 났던 것이 전연䩾然하여 휘지에게 어리광 아닌 어리광을 부렸다.

"세 시진 전까지만 해도 저잣거리에서 함께 거닐던 귀형께서 사경을 헤맨다고 하니 단장이 끊어지는 줄 알았습니다. 다시는 이런 험한 일 없게 조심하십시오."

휘지의 소담한 눈썹이 아래로 처져 우는 소리를 냈다. 수하는 쭈뼛쭈뼛 손을 들어 휘지의 어깨를 툭툭 도닥였다.

"내가 걱정을 끼쳤군. 미안하이. 그래도 이리 온전하지 않은가. 그나저나 산골도 아니고 고을 안까지 검둥이 녀석을 끌고 오다니……. 사태가 점점 심각해지는구먼."

"예, 저도 같은 생각 중이었습니다. 형님이 쓰러져 있던 곳에서 덕풍이 주인과 덕풍이의 사체도 발견되었습니다. 우리가 괜히 들쑤시어 그 불쌍한 인사가 참변을 당한 것은 아닌가 싶습니다."

"그러게 말이네. 요사이 마을 사람들이 우리를 슬슬 피하더니만 다 이유가 있었나 보군. 우리가 생각했던 것보다 훨씬 체계적이고 거대한 조직이 뒤에 있어. 내 희미하지만 분명 마지막에 두 사내의 말소리를 들었네. 내가 까무러치기 전에 그들이 검둥이의 사체를 옮겨 간 것 같네."

"검둥이 사체라고요?"

"그래, 녀석이 내 가슴팍에 이빨을 박았으니 나도 녀석에 대가리에 칼집을 박아 넣어주는 것이 맞는 이치가 아니겠나. 정신을 잃어가는데 녀석들이 검둥이의 사체를 짊어지고 가면서 이야기를 주고받더군. 정확히 듣지는 못했으나 철저하게 개를 숨기는 눈치야. 그리고 천운이 도운 일이지만 나를 살려두고 간 것이 못내 찝찝하네. 분명 나는 반드시 살려내야 한다, 그리 말하였거든. 나를 잘 아는 눈치였네."

"다행한 일이 아닙니까. 그런 것은 개의치 마십시오. 것보다 개의 사체까지 수거해 가는 것이 여간 꼼꼼한 것이 아닙니다. 대체 꿍꿍이가 뭘까요?"

"글쎄 말이네. 이 고을은 물론 근처 유지들의 명단을 뽑아 정리를 해보아야겠네. 조용히 추진해야 할 것이야. 안 그러면 유지들이 들고 일어날 테니 정보가 빠져나가지 않게 신용할 만한 친구들을 몇 명 선별하여 내보내야겠어."

"옳습니다. 저도 저잣거리 돌아다니며 정보를 캐어보겠습니다."

"그건 그렇고 시신의 부검은 끝났는가?"

"딱히 특이할 것은 없습니다. 산 채로 짐승의 공격을 받은 것은 확실했습니다. 다만 한 가지 이상한 것은 덕풍이 주인의 몸에서 나온 상처를 보고 영감의 눈매가 매섭게 변하셨답니다."

"아버님께서? 어찌하여, 왜? 상처가 어떠했는데?"

"저는 처음 본 문양이지만 환부에 지팡이에 똬리를 튼 구렁이 문양이 찍혀 있었습니다. 또 덕풍이 주인 역시 개에게 공격당하기 전에 이미 구타를 당하였는지 몸 전신에 멍울이 맺혀 있었습니다. 제 생각에는 폭행에 사용된 둔기 중 하나에 새겨져 있던 문양 같습니다."

"지팡이에 똬리를 튼 구렁이라 하였는가?"

"예, 아시는 문양입니까? 저는 지금부터 알아보려던 참이었습니다만……."

"그 문양은 아버님께서 양양에 부임하자마자 토벌하신 '흑사회'라는 도적단의 징표였네. 두령의 목을 친 후 괴멸된 것으로 기억하는데 아직도 주전골 어딘가에 거점을 마련하고 있었단 말인가."

"흑사회……라니. 토벌된 도적단이 어찌하여……."

"대체 이 평화로운 고을에 무슨 일이 일어나고 있단 말인가. 윗사람이 누구인지도 모르겠는데, 이번엔 흑사회라? 일이 어떻게 돌아가고 있는 것인지."

"덕풍이 주인장도 흑사회 일원이었던 걸까요? 그래서 저희와 접촉한 것이 발각되어 숙청당한 것은 아닐는지요?"

"그건 모를 일이지. 사실 지금은 고을 사람들 모두가 의심스러운 상황일세. 상단이나 주막을 돌아다녀보아도 그렇고, 다들 뭔가 알고 있는 것 같은데 도통 입을 열지 않아……. 환락가 근처 도박장에도 아이들을 심어놓아야겠으이. 일이 심각하게 돌아가고 있구먼. 하루빨리 내가 일어나서 돌아다녀야겠는데 어찌 부인은 꼼짝도 못하게 하는지, 원."

"죽다 살아나지 않으셨습니까? 앞으로 사흘 정도 더 쉬다가 나오시지요. 그동안은 제가 책임지고 조사하겠습니다."

"사흘도 기네. 오늘 밤 부인과 담판을 짓고 내일부턴 자네와 행동을 같이하겠네."

"저는 모르는 일입니다. 괜히 죄 없는 제가 귀형을 꾀었다고 하지만 마십시오."

"진정 교학 자네, 내게 박해진 것 같네. 사내가 그리 팔랑개비처럼 마음이 식어서 되겠는가?"

휘지는 수하의 입 살아난 것만 보아도 그만 일어나도 되겠다는 생각이 들었다. 그가 홍소를 터트리니 수하도 멋모르고 따라 웃었다. 방 안 분위기가 화기애애했다.

"그나저나 미르 소저는 잘 계시는가? 내 생명의 은인이신데 인사 한번 못 가보았네."

"인사는 무슨, 되었습니다. 형수님께서 이미 여러모로 신경 써주고 계십니다. 귀형께서는 귀형 건강부터 돌보시지요."

"아까부터 입 아프게 말하지 않았나. 나는 이제 멀쩡하다고. 허허허, 것보다 자네 신수가 훤한 것이 연애하느라 좋은가 보이?"

"괜히 또 놀리십니다. 기실 나쁠 것이 무에가 있겠습

니까?"

"하, 이 도령 표정 보소! 내 앞에서 그리 이죽이죽 웃지 마시게. 샘이 나니……. 소저께서 하늘나라 선녀님이셨다니, 내 선녀를 곁에 두고도 못 알아보았구면."

"선녀라고 하여 특이할 것도 없지요. 저도 강림하는 것을 보지 못했다면 그저 못 말리는 천방지축 아가씨 정도로만 여겼을 겁니다."

"허허허, 내 미르 소저께 그 말 그대로 전해도 되겠는가?"

남의 연애사가 어찌도 궁금하고 재미진지 수하는 휘지를 놓아주려 하질 않았다. 할 일이 태산 같거늘, 휘지는 삼 각만 더 있다가 가라는 수하의 손을 뿌리치고 관아를 나섰다. 즐거웠던 것도 잠시, 사람이 유유히 지나가는 고을을 바라보자니 막막하기만 했다. 딱히 확증이랄 것도 없는 빈손과 맨몸으로 모래알에서 바늘을 찾고 있는 현실에 휘지는 허공을 움켜쥐어보았다. 손을 펴보아도 아무것도 없었다. 당연한 것이 아니겠나. 그는 뭐 하나 싫어 씩 웃고는 기합을 넣어보았다.

'정신을 차리자. 이 고을에서 무슨 일이 일어나고 있다면 막으면 되는 것이다.'

그는 서둘러 몸을 움직여 시전 거리로 나갔다. 우선 한

창 장사로 복작거릴 주막으로 향했다. 휘지의 등장과 함께 주막 안이 음소거라도 된 것처럼 조용해졌다. 그를 보고 사레가 들려 켁켁거리는 이도 보였다. 찔리는 것이 있나. 그저 덕풍이 주인이 당했다는 소문이 돌아 경계하는 것인가. 언제나 시끌벅적하던 장소가 삭막한 분위기를 조성하니 휘지는 수하의 말처럼 아무도 믿기지가 않고 스스로가 훼방꾼이 된 것 같아 시큼쓸쓸했다. 그는 활기찬 척 꾸며 애써 너스레를 떨고 주모를 찾았다.

"주모, 주모 계시는가? 내 국밥 한 그릇만 말아주게."

"나, 나리 오셨습니까?"

"내 배가 고파 그러니 주모가 국밥 한 그릇만 말아주게나. 주모 손맛이 그리워 여기까지 오지 않았겠나."

"선비님, 어쩝니까요? 오늘 고아놓은 국물이 똑 떨어지는 바람에 국밥 장사는 끝났는뎁쇼."

"그러한가? 그렇다면 내 배가 고파 그러니 지금 당장 내올 수 있는 것 아무것이나 내오시게."

아직 정오가 좀 지난 시각이거늘 장사하는 곳에서 국물이 떨어졌다는 것이 말이 되는가. 휘지는 주모가 부러 자신을 쫓아내려 터무니없는 핑계를 늘어놓는 것을 알면서도 뭉개보기로 작정하였다. 주모는 파들파들 떨면서 부엌으로 들어갔다. 휘지도 덕풍이 주인 일도 있고

104

비틀대는 여인의 뒷모양새를 보니 안쓰러워 미안한 마음이 동하였다. 그렇다고 손 놓고 있을 수도 없는 일이니 그는 한숨을 쉬고 평상에 자리를 잡았다. 옆쪽에 앉아 있던 손님들이 눈치를 살피며 엉덩이를 씰룩 움직여 몸을 뒤로 뺐다. 휘지는 관심 없는 척하며 사람들의 동태를 살폈다.

"선비님, 여기 파전이라도 한 장 잡수셔요."

"주모, 뭐가 바빠 황급히 등을 돌리시오. 나 혼자 먹기 적적하니 예 앉아 말동무나 되어주시게."

"저는 장사 준비가 바빠 부엌으로 들어가렵니다."

휘지는 송아지 눈망울로 돌아서는 주모의 손을 잡았다. 손목을 잡힌 주모는 여리게 생긴 것과는 달리 사내답게 묵직한 휘지의 손아귀 힘에, 그리고 보드라운 손길에 두 번 놀랐다. 되돌아보는 주모를 향해 입술을 삐죽이 내민 그는 밥상 앞쪽에 앉으라고 눈짓했다. 사내답지 않은 색기와 아양에 주모는 정신이 아찔하였다. 이 선비님은 팔색조다운 마력이 있는가. 어찌 사람이 이리 획획 변한단 말인가. 주모는 평소에 흠모하던 양양의 교학 나리가 애처롭게 계속 잡고 늘어지자 피하던 것도 잊고 배시시 몸을 꼬며 앞자리에 앉고 말았다.

"뭐 달리 필요하신 것은 없습니까? 나리."

다람쥐 꼬리처럼 탐스럽게 돌돌 말린 주모의 혀가 교태로운 목소리를 냈다. 휘지는 주모의 기분이 상하지 않도록 적당히 알랑방귀를 끼며 감겨오는 손길을 거부하지 않았다. 오히려 그 역시 서글서글한 꽃 미소를 마구 날려주었다.

"주모도 알다시피 얼마 전 초파일 축제날, 한명 형님께서 변고를 당하시지 않았나? 내가 그 곁을 밤새도록 지키며 수발을 들어 눈 밑이 이리 검어진 것이 아니겠나. 지금도 졸립고 배고프고 아주 죽겠네."

과장되게 않는 소리를 냈다. 뽀송한 솜털도 마르지 않은 도령이 하품을 하며 푸념을 늘어놓으니 주모는 그것이 또 상큼하고 귀여워 입이 헤하고 벌어졌다.

"그럼 차라리 저 방 하나 비워드릴 터이니 이 전 다 드시는 대로 들어가 주무시렵니까? 제가 한 시진 지나면 깨워드리지요."

그녀가 휘지의 옷고름을 제 손가락으로 배배 꼬며 달라붙었다. 주모가 진도를 너무 세게 빼니 휘지도 당황하여 물고 있던 파전이 튀어나올 뻔하였다. 휘지가 고민하는 사이 돌연 주모의 몸이 중심을 잃더니 뒤로 홱 빠져나갔다. 두 사람이 놀라 등 뒤쪽을 바라보니 부엌에서 담담히 일을 하고 있던 다른 주모가 그녀의 어깨를 확

잡아 뺐던 것이다. 수라의 눈을 한 여인이 주모를 향해 으르렁거렸다.

"이야, 큰 주모 오랜만이오. 안에만 계시니 내 얼굴을 보지 못하겠소."

"쉰네는 선비님 얼굴 볼 일이 없습니다. 졸립고 피곤하시면 전 다 드시는 대로 집으로 돌아가시구려. 여서 계속 싱거운 소리 하시면서 이 음녀 꼬일 생각일랑 접으시고 말입니다."

"형님도 참, 음녀는 무슨, 선비님 면전에서……."

"자네는 닥치고 썩 안으로 들어가지 못해! 그리고 선비님도 일 다 보셨으면 들어가십시오."

말이 끝나기 무섭게 큰 주모가 접시를 빼앗아 들고 부엌으로 돌아가버렸다. 휘지는 건진 것 하나 없이 주막에서 쫓겨났다. 그대로 떠돌아 봤자 다들 쉬쉬하며 피하는 통에 헛수고일 것이 자명했다. 병석에 누워 있는 수하에게 큰소리치고 나왔건만……. 이게 무슨 꼴인가 싶어 픽 하고 헛웃음이 나왔다.

*

"이거 놓지 못하겠는가?"

"아이고, 어르신. 그걸 다 가져가시면 저희는 뭘 먹고 살라는 말씀이십니까?"

"그러게 제때 대감마님께 이자만 냈어도 이런 꼴은 당하지 않았을 것 아닌가?"

"이번에 저희 다섯 살 난 아이가 아픈 바람에 정신이 없었습니다. 헌데 그리 다 가져가시면 저흰 입에 풀칠은 커녕 아픈 아이 간호 수발도 못합니다."

"그건 자네의 사정이고. 대감마님께서 얼마나 인자한 분이시던가, 자네들 내던 소작료도 줄여주시고 대신 공납도 내주시는데 이리 따로 갖다 바치는 것은 제때 제때 챙겼어야지."

험상궂게 생긴 사내가 뱀이 낼 법한 쉭쉭 거슬리는 목소리로 곡식전의 상인을 다그쳤다. 사내는 수레에 쌀을 잔뜩 실어 이동하려 하고 있었다. 휘지는 그 쌀더미 모습이 머릿속에 그렸던 것과 익숙하여 발걸음을 옮겼다. 아무래도 저들의 대화를 들어보니 곡식전 상인이 사내의 주인에게 바쳐야 할 물품이 있었던 듯싶다. 연 대감이 부임하면서 양양 고을의 살림살이가 나아졌다고 했지만 여전히 공공연하게 방납으로 인한 폐단이 발생하고 있었던 것이다. 휘지는 기침을 하며 소란에 끼어들었다.

"사람이 참 인심이 사납구먼. 아이가 아파 그랬다는데

어찌 이 많은 쌀을 다 지고 가려 하는가. 백성의 고혈을 쥐어짜는 것만큼 못난 짓이 없다네. 지금 자네가 걸치고 있는 옷가지며 신고 있는 미투리 신마저도 모두 백성이 만들고 다듬은 백성의 기름이니 감사히 여기지는 못할 망정 박대하지는 말아야지. 그대 돌아가 그대의 상전께 선처해달라고 여쭙고 오는 것이 어떻겠는가?"

"하, 선비께서는 오지랖도 넓으십니다그려. 내가 왜 입 아프게 우리 상전께 그런 마음에도 없는 청을 드려야 하오? 잘못은 이자가 하였지, 백성을 박대한 적은 없소이다. 빌린 것이 있으면 당연히 갚아야 하는 것을요. 귀양장이 신세라 세상 물정을 모르시나 봅니다."

"자네 말본새가 건방지기 그지없구먼. 내 유배 온 신세라 세상 물정에 어둡긴 하나 자네와 자네 상전이 시킨 일이 도리에 맞지 않다는 것은 알고 있네."

"허허, 귀양장이 주제에 입만 살았구먼. 다들 학자 대접을 해주니 눈에 뵈는 것이 없는가 보지? 나는 까막눈이라 자네가 떠드는 번지르르한 말 알아듣지는 못하나 자네 같잖은 것은 알겠네. 참 어디서 수염 잘린 괭이 새끼가 우나. 방 씨, 자네도 명심하게. 우리 대감께서는 인자하시어 이 정도로만 걷어 가는 것이네. 감사히 여기고 다음부터는 때를 잘 맞추게. 그리고 당부하네만 저런 물정 모르는 새파란 어린애랑은 말 섞는 것이 아니네."

휘지에게 모욕을 준 사내는 방 씨라는 곡식전 주인에게 대놓고 위협을 했다. 울고 불며 매달리는 방 씨를 흙바닥에 내팽개친 장정들은 곡식을 싣고 유유히 사라졌다. 휘지는 그 옆에서 위악을 떠는 장정들의 뒷모습을 우두커니 바라보았다.

"자네, 괜찮은가? 저자 아주 괘씸한 인사구먼. 별 도움이 되지 못해 미안하네. 대체 어느 댁 종이란 말인가?"

"되었습니다. 처음부터 선비님께서 도움 주시지 않으셔도 되었습니다. 괜히 저 사람이 대감마님께 한마디라도 했다간 이놈이 눈 밖에 나서 죽을 수도 있는데, 어쩌자고 멋대로 끼어드십니까?"

"그게 무슨 말인가, 누가 누굴 죽여. 나는 자네를 도와주려 했던 것뿐이네. 미안하이."

"누가 죽이긴 누가 죽이겠습니까요. 좌수대감 눈 밖에 난 놈들이 죽는 것이지요."

사내는 홧김에 무작정 말이 튀어나왔으나 제 입을 벗어난 말소리에 놀라 좌우를 살피곤 입을 두 손으로 틀어막았다. 휘지는 의미심장한 눈빛으로 그런 방 씨를 살폈다.

"됐습니다, 됐어요. 여기 더 있지 마시고 선비님 댁으로 돌아가시지요. 선비님은 지금 화를 자처하고 계십니다. 그 액 남에게까지 몰고 다니지 마시고 댁으로 가시지요."

"원, 사람 참. 말이 그게 무엇인가. 좌수 대감께서 이리 방납을 거둬 가시는가?"

방 씨는 깜짝 놀라 휘지의 입을 틀어막았다.

"가십시오. 저는 죽고 싶지가 않습니다. 누굴 죽이시려고 자꾸 말을 거십니까?"

"무엇이 말인가. 좌수께서 함부로 공권력을 남용하고 폐단을 저지른다면 도호부사께 아뢰고 바로잡으면 되는 것이네. 자네들 도호부사께서 얼마나 유능한 분인지 알고 있잖은가?"

"도호부사께서 좋은 것은 누구나 알지요. 하지만 좋은 것만으로 모든 게 해결되지는 않습니다. 그리고 좌수 영감이 더 대단하십니다."

"도호부사 영감보다 좌수 영감께서 더 대단하시다고?"

"생각을 해보시지요. 도호부사 영감이야 아무리 좋은 분이라 하더라도 부임 기간 동안만 계실 분이고, 좌수 영감은 이놈이 죽고, 아니지 이놈 자손 대대로 예서 터를 잡고 살아가실 분들인데 어찌 도호부사 영감을 믿고 설친단 말입니까? 이런 말까지 하려고 하지 않았는데 좌수 영감에 비하면 도호부사께서는 개새끼 발바닥에 불과합니다요."

성이 난 사내는 반천의 신분 질서를 잊고 괄괄거리며 말을 토해냈다. 휘지도 그 열기에 두 손을 들고 뒤로 물러났다. 곡식전 주인은 휘지가 물러난 방향을 향해 굵은 소금을 뿌려댔다. 쉰 목소리의 사내와 좌수 영감의 방납, 대량으로 거두어지는 곡식, 덕풍이 주인이 말하던 윗분, 마지막으로 도적단 '흑사회'와 검둥이. 손톱을 질경질경 무는 휘지의 머릿속에 연결되지 않는 증거들이 뒤죽박죽으로 섞여 있었다.

일천육백구년 팔월 이십오일

1.

"어찌 턱을 괴고 계십니까?"

한 폭의 그림처럼 미동도 없이 서책을 읽고 있던 휘지가 곁눈질로 입을 열었다. 미르는 한쪽 팔을 책상에 괴고 다른 팔로는 연신 부채를 부치면서 그를 향해 빙긋 웃어 보였다. 기승을 부리는 더위 때문에 미르는 나른해서 눈뜨고 있기도 힘들었다. 그래도 햇살에 반사되는 휘지의 얼굴 옆선이 퍽 보기 좋아 넋 놓고 감상하던 중이었다. 그녀는 괴고 있던 팔을 풀어 휘지의 이마에 맺힌 땀방울을 손수건으로 훔쳐주었다.

"땀을 이리 비 오듯 흘리면서도 글자가 눈에 들어오십니까?"

"날씨가 더워 땀이 나오는 것은 순리인데 그것이 독서와 무슨 상관이 있겠습니까?"

"허나 저는 골방 안이 찜통 같아서 숨쉬기도 퍽퍽합니다. 부채질하는 것도 정도가 있지, 도령 내 팔 두꺼워진 것 안 보이시오?"

"우리 밥낭 팔뚝이야 워낙에 튼실하였는데 이제 와 무슨 대수라고 그러십니까."

미르의 어리광에 농을 치던 휘지가 서책을 덮고 그녀를 향해 바로 앉았다. 미르는 죽겠다는 얼굴을 하고선 열심히 손부채질을 했다. 휘지는 열어놓은 방문을 더욱 활짝 열어 희미한 여름 바람이 방 안으로 들어올 수 있게 하였다. 그녀의 이마에 맺힌 송골송골한 땀방울을 말리기엔 턱없이 부족한 바람이었지만 지난날 만든 영등을 흔들기엔 충분하였다. 미르는 빙글빙글 돌아가는 영등을 바라보다 다시 휘지의 얼굴을 바라보곤 방글 웃어보였다. 이 아가씨, 참말 허파에 바람 들어간 것처럼 잘도 웃는다. 무엇이 그리 좋은지 휘지와 눈만 마주쳐도 바보 같은 웃음을 흘렸고, 멍하니 실실 쪼개기 일쑤였다. 휘지는 그녀의 우스꽝스러운 표정이 떠올라 풋 하고 실소를 터트렸다.

"도령은 허파에 구멍이 뚫리셨습니까? 참 실없게도 웃습니다."

누가 할 소리를 누가 한다고. 휘지는 방금까지 실실 꽃미소를 흩뿌리며 자신을 유혹하던 미르가 어이없어 꿀밤을 한 대 먹였다. 미르는 괴성을 지르며 머리를 싸쥐었고 휘지의 입꼬리 한쪽이 올라갔다.

"실없기는 누가 실없다는 말씀입니까? 봉구는 밖에서 밥값을 한다고 애를 쓰고 있는데 소저께서는 내 옆에서 속 편히 부채질만 하십니까? 어서 나가서 매실이라도 따십시오."

"일 안 하기는 도령도 매한가지가 아니어요? 이 집에서 밥값 충실히 하는 사람은 아마 봉구 씨밖에 없을 겁니다."

"말 잘하셨습니다. 소저 말씀대로 이 집에서 밥값 하는 사람은 우리 봉구밖에 없지요. 허니 지금 저도 두 팔 걷어붙이고 나가 밥값 좀 해보고자 하니 소저께서도 따라나서시지요. 우선 옷을 좀 갈아입어야겠으니 나가십시오."

말을 마치자마자 휘지는 미르의 등을 밀어 밖으로 내몰았다. 그녀는 볼 것도 없는 사내가 부끄러움만 많이 탄다면서 나가지 않고 버티려 했지만 휘지의 억센 힘에 못 이겨 마루로 쫓겨났다. 그녀는 큭큭 대며 제 당혜를 신고 뒤뜰로 나갔다. 영근 과실들이 소박한 초가집의 뒤뜰을 은풍하게 장식했고, 꽃떨기나무와 덩굴 사이에는 숨은 그림처럼 봉구가 숨어 있었다. 누런 삼베옷을 입은 봉구의 우람한 몸이 땀에 젖어 적나라하게 드러났다. 구릿빛으로 탄 등 선이 언뜻언뜻 눈에 들어와 미르는 눈 둘 곳을 찾지 못하여 마당으로 도로 돌아와 발로 바닥만 긁어댔다. 여름이라 그런지 논밭에도 반나체의 사내들이 늘어났다.

"밥값 좀 하라 했더니 고새를 못 참고 농땡이를 부리십니까? 봉구 앞에서 고개 들고 있기 부끄럽습니다."

얇은 두루마기를 걸치고 있던 휘지가 운신하기 편하도록 속적삼 위에 모시 적삼 한 벌만을 겹쳐 입고 나왔다. 천 뒤로 살며시 드러난 휘지의 하얀 살결과 그에 어울리지 않게 다부진 골격이 눈을 부시게 했다. 뒤뜰에서 짐승을 포착한 미르는 눈 정화라도 할 참으로 휘지를 머리부터 발끝까지 샅샅이 훑었다. 휘지는 얇은 옷감 하나를 사이에 두고 여인네를 대하는 것이 뭔가 멋쩍고 부끄러워 얼굴을 붉히며 나섰는데, 미르가 마당에 서서 노골적으로 쳐다보기까지 하니 자신도 모르게 팔로 몸을 가렸다. 실랑이를 벌이며 뒤뜰로 다가가자 봉구가 인기척을 느끼고 뒤돌아 말했다.

"도련님이랑 미르 아가씨 나오셨습니까요? 날씨가 아주 환장하게 덥습니다. 더위 먹으시면 어쩌려고 나오셨습니까, 여기 일이야 이놈이 해도 되는 것을요."

여전히 우락부락한 근육을 자랑하는 봉구는 육수를 콸콸콸 쏟아내면서도 주인을 챙겼다. 휘지도 그런 봉구를 보니 긴장이 풀려 함박웃음을 지었다. 그는 텃밭 옆에 마련해둔 수통을 봉구에게 건넸다.

"방 안에서 서책만 읽으려니 좀이 쑤셔서 나왔단다. 게다가 이 밥주머니 아가씨께서 곰팡이를 피우고 계시는 것을 더 좌시할 수가 없더구나. 새벽부터 꼬박 일을 하였으니 지치기로 치면 봉구 네가 가장 지쳤을 것이다. 땀도 많이 흘렸구나. 더위 먹기 십상이니 그만 들어가서 몸에 물 한번 끼얹고 쉬도록 하려무나."

"맞아요, 봉구 씨. 여기 일은 저하고 도령에게 맡기세요. 옷이 다 젖었습니다. 오늘 안에 매실 하나는 확실히 다 따놓을 테니 믿고 들어가세요."

"예, 예, 누구시라고 믿고 맡기지 못할까요. 그래도 아가씨나 도련님은 밭일하실 분들이 아니니 손들이 서툴러 일손이 느려집니다. 소인도 거들 터이니 셋이서 같이 하시지요."

꿀꺽꿀꺽 시원하게도 물을 들이켠 봉구는 억척스러운 손길로 아기 다루듯 얌전히 매화나무에서 매실을 땄다. 하얀 매화꽃 핀 자리에 푸르고 싱그러운 매실이 탱글하게도 열렸다. 미르는 보기만 해도 신물이 올라 침을 삼켰다. 휘지도 어느새 팔의 소매를 둥둥 접어 올려 진지하게 매실 수확에 돌입했고 미르도 그런 그의 옆에 매미처럼 딱 달라붙어 작은 손으로 매실을 땄다. 바야흐로 여름이 도래하여 세상은 새하얗게 타올랐지만 싱그럽게 물들었다.

"매화꽃 핀 것이 엊그제 같은데 참 고운 색의 열매가 맺혔습니다."

"하하, 아가씨. 이것이 바로 매실이라는 열매입니다."

"저도 압니다. 가끔 봉구 씨는 저를 너무 백지장 취급하십니다. 뭐, 어쨌든 꽃도 고왔으니 맛도 곱겠지요?"

"백지장이라니요! 제가 어디라고 감히 아가씨를 얕잡아봅니까. 생사람 잡지 마시지요. 도련님께 혼납니다요. 흐흐, 꽃은 눈처럼 곱고 부드럽지만 열매는 초록이 무색할 정도로 시큼합니다요."

"정말요? 전 신 건 별로 좋아하지 않는데……. 도령은 신 것을 좋아하십니까?"

"딱히 가리는 것은 없지요. 지금 매실을 수확하는 것은 1년 내내 열심히 키우고 가꿨으니 나무가 지치지 않게끔 그 과실을 거두어줘야 하기 때문입니다. 그러니 괜히 말 돌리며 쉬지 마십시오, 밥낭."

"치, 안 쉽니다. 그래도 날씨가 더운데 신 과일보다는 저번에 맛보았던 수박이나 참외를 먹는 것이 더 좋을 것 같습니다."

"수박도 수분이 많으니 여름에 안성맞춤인 과실이지요. 허나 소저, 매실은 맛이 신 데 비해 몸에 쌓인 독을 배출시켜주며 갈증과 설사를 멈추게 하고 근육과 맥박이 활기를 찾게 하는 데 이롭기에 약재로도 쓰이는 귀한 과실입니다. 나중에 다듬어서 차로 마시면 수박보다도 더 개운하고 시원해지실걸요."

"또, 또 그냥 수박이 먹고 싶다는 말이었는데 책 읊으신다. 참 우리 도령은 걸어 다니는 도서관 같습니다."

"맞습니다요, 아가씨. 우리 도련님은 아시는 게 하도 많아서 보는 것마다 지나치질 못하고 줄줄 읊으시지요. 도련님, 그냥 '매실차도 시원하니 맛나오'라고 하시면 됩니다."

봉구가 미르와 시선을 나누더니 킥킥대며 웃었다. 휘지도 해맑게 웃는 그들을 바라보며 씩 웃더니 통통하게 오른 매실을 손에 쥐어보았다. 몽글몽글 미르를 닮은 매실이 좋아 그는 뙤약볕이 뜨거운 줄도 모르고 꼼지락 움직였다. 정오를 지나 태양이 하늘 한가운데에 높이 떠오르자 미르는 눈에 띄게 말수가 줄어들었다. 게다가 얼굴도 새빨개지고 숨도 식식대는 것이 곧 쓰러질 것 같았다. 그녀가 슬슬 걱정되기 시작한 휘지도 봉구의 눈치를 보더니 미르에게 넌지시 들어가라 말을 던졌다.

"햇살이 따가우니 소저께서는 그만 방으로 드시지요. 나머지는 봉구와 제가 하겠습니다."

"싫어요. 다 같이 시작했으면 함께 끝을 봐야지 저만 들어갈 수 있나요? 그리고 분명히 나중에 꼬투리 잡아서 또 구박할 거잖아요, 그러니 난 안 들어갈 겁니다."

"하얀 피부가 빨갛게 달아오르셨습니다. 그만 들어가지 않으면 새카맣게 탈지도 몰라요."

피부가 탈 것이라는 것은 생각도 않고 있다가 휘지가 겁을 주자 미르는 새초롬한 표정을 짓고는 발딱 일어섰다. 그녀는 방으로 쪼르르 달려가더니 휘지의 갓을 하나 쓰고 나왔다. 헐렁하게 묶은 갓을 제 머리통에 둘러 쓴 미르가 슬금슬금 콧노래 박자에 맞춰 걸어왔다. 건들거리던 그녀는 등 뒤에서 접선을 하나 떡하니 펼쳐 인심 쓴다는 마음으로 휘지의 옆에서 부채질을 해주었다. 나무 뒤에 숨어 자꾸 그녀의 손길을 물리치던 휘지도 슬며시 바람을 받아들였다.

"아이고, 이놈은 배가 아파 죽을 지경입니다요. 상전께 이런 말씀 올리는 것은 죄이나 눈꼴이 시려 더는 못 보겠습니다."

봉구가 인상을 찌푸리며 두 손으로 배를 감싸 쥐었다. 휘지도 허허 웃음을 지으며 미르와 봉구를 갈마보았다. 한 시진 정도가 흘렀을까. 어느 틈에 벌써 가득 찬 소쿠리 속 파란 물결에 셋은 눈이 다 시렸다. 봉구는 소쿠리를 이고 부엌으로 들어갔고, 미르는 쾌재를 부르며 방 안 그늘로 쏙 숨어들었다. 휘지는 노상 방 안에서 서책만 꿰고 있다가 오랜만에 장시간 햇볕 아래 있었더니 맥아리가 빠져 평상에 걸터앉았다. 매실을 부엌에 놓고 나온 봉구도 땀에 흠뻑 젖어 괴로워 보였다. 그는 제 주인을 바라보더니 음흉하게 웃어젖힌 후, 휘지의 적삼 저고리를 벗기기 시작했다. 불시의 공격에 당황한 휘지는 저항해보았지만 본디 황봉구란 자는 황소보다도 황소다운 힘의 소유자였다. 휘지는 "놓아라, 이놈!"에서부터 시작하여 작게 귓속말로 "소저가 보고 있다. 어찌 양반이 바깥에서 웃통을 깐단 말이야" 하고 애원까지 총동원했다. 그러거나 말거나, 봉구는 살짝 문틈으로 고개를 내민 미르를 향해 일전에 배웠던 '윙크'라는 것을 날렸다. 미르도 그런 봉구를 향해 엄지손가락 하나를 척 세워주었다. 봉구는 어차피 자신은 등목을 할 요량이었기에 축 늘어진 제 주인쯤 동참시키는 것은 일도 아니었다. 하지만 절묘한 순간에 고개를 내밀고 몸을 치대는 사내들을 훔쳐보는 저 고매한 선녀님을 보니 집에 여우가 한 마리 들어온 착각에 빠졌다.

'저리 순진한 얼굴을 하고 어찌나 엉큼하게 밝히시는지, 우리 도련님 타락하시겠구나.'

봉구는 그런 생각에도 불구하고 휘지와 미르가 함께 있는 모습이 보기 좋아 절로 관대해졌다. 엄연히 두 분이 서로 연모하는 정인들인데, 뭐 어떤가. 그는 한층 거세게 주인의 옷섶을 풀어헤쳤다. 어느 정도 정신을 차린 휘지도 이번엔 그냥 당하지 않고 잽싸게 제 몸을 봉구에게서 빼내었다. 봉구는 상체를 붙들고 안다리를 넣어 휘지의 움직임을 차단하며 공격을 재개했다. 휘지도 안간힘을 쓰며 봉구의 무쇠 장딴지를 비틀어 빠져나갔다. 엎치락뒤치락 어느새 씨름 형세가 되어 휘지도 봉구와의 몸싸움을 즐기고 있는 눈치였다. 가히 매번 서당 안에 갇혀 있던 휘지 내면의 소년이 불쑥 튀어나온 것이리라. 봉구도 신이 나서 온 힘을 다했다. 항우장사가 제 힘을 완연히 발휘하니 휘지도 더 이상 버티지 못하고 넘어갔다. 우당탕 소리를 내면서 그가 마당에 널브러졌다. 이열치열이라고 더운 김에 더 용을 써서 땀을 빼니 이젠 시원한 느낌마저 들었다. 휘지는 마당에 벌렁 드러누워 숨을 고르고 있다가 자신을 바라보는 미르와 눈이 마주쳤다. 그제야 부끄러움이 인 휘지가 몸을 털고 일어나 옷섶을 추슬렀다. 성큼성큼 미르를 향해 걸어온 그는 그녀의 팔목을 잡아 빼냈다. 점잖고 법도 따지던 휘지가 야성미를 내뿜자 오히려 미르가 기가 죽어 말괄량이 기질이 쏙 사그라졌다.

"아무래도 날이 덥고 땀을 과히 흘려 등목을 해야겠으니 예희 아씨께 놀러 가시든가 동네 어린애들과 어울리고 오십시오."

"무, 무슨 소리 하십니까? 겨우 등목이 뭐라고 집에 잘 있는 사람을 쫓아내십니까?"

"등목이 무엇이라니요? 아무튼 우리 밥낭은 엉큼한 것도 유분수가 있어야지, 어찌 이리 부끄러움이라고는 한 오라기도 없을까요. 남녀가 유별하거늘 사내의 벗은 몸을 보기라도 하겠다는 것입니까? 정말이지 소저 때문에 제가 마음을 놓을 수가 없습니다."

"예, 예. 그놈의 잔소리를 또 늘어놓으시려고요? 알겠습니다, 나가지요. 더워서 꼼짝도 하지 않으려 했건만 우리 도령이 수줍어하시니 내가 나갑니다, 나가요! 나중에 보고 싶다 찾지나 마십시오."

귓불까지 발갛게 물든 휘지가 귀여워 미르는 더 심술 부리지 않고 물러서기로 했다. 사실 온몸에 흙이 묻어 굵은 땀방울을 흘리는 휘지의 새하얀 가슴팍에 제 가슴이 떨려 그곳을 빠져나오려는 것이었지만 그건 미르만 알고 넘어가기로 했다. 미르는 오늘 봉구 덕분에 좋은 구경하였다며 홍소를 터트리며 사립문을 나섰다. 미르가 집을 나서자 오랫동안 참고 있었던 휘지도 모시 적삼을 벗어 던지고 등짝에 시원한 물세례를 퍼부었다. 티끌하나 없이 깨끗한 피부에도 불구하고 떡 벌어진 어깨와 각진 골격은 사내만이 가지는 원숙함이 있었다. 등허리를 타고 목덜미까지 내려가는 물줄기 또한 그런 분위기조성에 있어 한 몫을 차지했다. 한편, 허연 휘지와는 대조적으로 물바가지를 들고 있는 봉구의 구릿빛 갈색 근육들은 햇빛을 받을 때마다 윤을 냈다. 군데군데 골격에 따라 번득이는 부위가 달라 야한 맛이 있었다. 휘지와 봉구가 등목을 하는 사이, 그 어귀의 아낙네들은 냉가슴부여 쥐고 죄다 몰래 사립에 기대어 둘을 훔쳐보았다고 한다.

*

"그래, 우리 제자께선 제 발로 걸어 나왔다고 하시지만 결국엔 교학에게 쫓겨난 것이로군!"

신발 밑창이 너덜거리는지 아까부터 바윗돌에 신발을 탕탕 두들기며 주물거리던 도명이 고개를 들어 한마디 했다. 미르는 입안에 산딸기를 넣다가 제 스승 하는 짓이 더러워 이맛살을 찌푸렸다.

"스승, 말은 똑바로 하시지요. 쫓겨난 것이 아니라 남녀유별에 따라 스스로 나왔다 이 말씀입니다. 그리고 스승, 딸기를 드시든지 신발을 고치시든지 둘 중에 하나만 하십시오. 손은 하나인데 더럽고 깨끗한 것을 나누지 않고 한 번에 해결하려 하시면 어쩝니까?"

"거 참 말이 많네. 이 딸기를 집어 먹는 손과 신을 신는 발은 본래 한줄기에서 난 동기간이니 손이 형제의 옷을 만지는 것이 무에가 그리 더럽겠나?"

말이 끝나기 무섭게 도명은 미르의 손에 쥐어진 산딸기를 집어 날름 입안에 던져 넣었다. 미르는 오만상을 찌푸리며 손에 있던 산딸기를 도명의 손에 탈탈 털어주었다. 그는 기다렸다는 듯 산딸기를 한입에 집어 삼켜 우물우물 잘도 씹었다.

"동기간이고 뭐고 그럼 항문에서 나온 똥도 손으로 만질 수 있겠습니까?"

"허참, 이 아가씨는 뭘 먹고 있는데 어찌 그런 더러운 소리를 하시는가? 아무튼 우리 제자는 생김은 절세미인 울리고 남을 법하나 말본새는 사내 못지않구려. 정녕 교학이 이런 것 다 알고도 낭자를 연모하는 것이 맞소?"

"그럼요. 매일 아침마다 세안을 끝마치면 수건을 들고 있는 제 뺨에 '모닝 키스'를 해주시는 걸요. 하루 시작이 얼마나 산뜻한지 온 세상이 다 청아해 보입니다. 그리고 우리 도령은 나 잘 먹고 잘 떠드는 것 처음부터 알고 좋아해주었으니 스승의 시비는 괜한 시샘에 불과합니다. 아직도 마음에 품은 여인이 없으니 스승께서 연인 사이의 두근두근한 마음을 이해하지 못하시는 것도 어쩔 수 없지요. 사랑하지 않는 자, 진정한 사내라 할 수 없는 법!"

"하, 웃기는 소리. 내 이래 봬도 마음에 품은 여인은 없어도 이 다리 사이에 품은 여인은 셀 수 없이 많을 지경이라 손가락, 발가락이 다 부족하네. 그에 비하면 교학 그 친구는 어려서 여자 냄새 한번 못 맡아본 동정이 틀림없을 게야."

"도…… 동정이라니요? 그리고 동정이 뭐가 어때서

요? 여인만 순결을 지켜야 한답니까? 사내도 진정 사랑할 여인을 만나기 전까지 몸을 정갈히 아끼는 것은 응당 당연한 일이지요. 그리고 도령이 점잖고 고상해 보이지만 속은 시커멓고 걸출한 사내랍니다. 내외를 유난스럽게 하긴 하지만 그도 정식 혼례 이전까지 제 순결을 지켜주겠다는 깊은 뜻이 있는 행위이니 참을 만하고요."

"사내가 여인을 품어보지 못한 것은 제자 말대로 아름다운 일일지는 모르나, 밤 기술에 있어서는 연장을 썩히는 일이니 애석한지로고."

"계속 그런 불경한 소리 하시면서 우리 도령을 욕보이시면 가만 안 있습니다!"

"아이쿠, 무서워라. 우리 제자가 야차가 되셨네. 하나도 안 무서우니 그만하시게나. 내 낭자 반응이 재미있어 괴롭힐 보람이 있단 말이지."

도명은 매번 미르와 휘지가 '알콩달콩' 이상 무의 연애 전선을 보이자 질투가 나서 속이 탔다. 결과적으로 초파일 날, 자신의 조언으로 인해 연모하는 여인의 손목 한번 제대로 잡아보지 못했고, 먹었던 마음은 수포로 돌아가고 말았다. 그런데 이 눈치 없는 여인은 계속 눈앞에 얼쩡거리며 연애 상담을 받으려 하니 돌아가실 지경이었다. 그래도 속이 좋은 것인지, 매양 반쯤 술에 취해

붕 떠 있는 탓인지, 도명은 잘도 미르를 만나 얼굴색 하나 변하지 않고 노닥거릴 수 있었다. 그가 마음 넓고 어딘가 달관한 분위기를 풍겼기에 미르도 스스럼없이 그와 함께 남녀 사이엔 나눌 수 없을 만한 대화까지 이야기할 수 있었다. 지금도 휘지에게 내쫓긴 신세라 마땅히 갈 곳이 없자 도명을 불러내 시간을 보내며 어울리고 있었다.

"정 갈 곳이 없으면 예희 아씨나 수연 소저께 갈 것이지 왜 바쁜 스승을 귀찮게 구시오?"

"그것이…… 두 분이 여전히 곰살갑게 대해주시는 것은 변함이 없으나 제가 도령과 이어지고 나서부터 눈치가 보여 관아에는 발걸음 하기가 쉽지 않습니다. 죄 지은 것은…… 없진 않으나, 아무튼 속 털어놓을 곳이 스승밖에 없지 않겠습니까?"

"그래도 명색이 훈도인 내가 낭자를 따라 야산 들판에서 이리 쭈그리고 앉아 산딸기나 따 먹고 있어서야 되겠소?"

"매번 향교에서 도망쳐 나와 주막에 포진하고 계신 분이 할 말은 아닌 것 같습니다. 그리고 저보다 산딸기도 더 많이 드셨으니 그도 하실 말은 아니십니다."

"갑갑하게 따지지 맙시다. 흠, 그럼 낭자. 나, 전에 보여주었던 '그것'이나 다시 보여주시오."

미르는 도명이 말하는 것이 무엇인지를 알아 성가신 표정을 지었다. 도명은 맡겨놓기라도 했는지 당당하게 요구했다. 한참을 망설이던 미르도 '에라, 모르겠다' 하는 심정으로 도명의 청을 들어주었다. 그녀는 주위에 사람이 있는지 살피더니 노리개 옆에 달린 기계를 꺼내었다. 술이 확 달아난 초롱초롱한 눈빛의 도명도 미르의 손가락 행동 하나하나를 굽어 살폈다. 버튼을 누름과 동시에 나무껍질을 칠판 삼아 우주의 광경이 떠올랐다. 도명은 몇 번을 보아도 볼 때마다 신기한지 입을 떡 벌리고 별들의 생김새를 가늠하여보았다. 평면의 도화지 위에 새겨진 까만 별들만을 보다가 부피와 색마저 선명한 삼차원의 우주는 언제 보아도 아름다웠다.

"그러니까 낭자께서 오신 곳에는 이런 것들이 지천에 깔려 있다는 것입니까?"

도명이 부러움 가득한 눈으로 미르의 손에 쥐여진 기계를 응시하며 입을 떼었다. 미르는 떠나온 별이 그리워 흐릿하게 웃었다.

"그렇지요. 제가 살던 별에 가면 아마 스승께서는 두 눈이 휘둥그레질 것입니다."

"허허허, 내 그렇다 하더라도 낭자가 살던 별에 가보

고 싶소. 그럼 그렇지, 이리 넓고 많은 별들 중에 사람 사는 곳이 어찌 예밖에 없었겠소. 매양 밤하늘을 올려다보아도 나는 헛것을 보고 있었구먼."

"하늘나라를 보셨겠지요."

"내게 어린애들에게나 할 법한 거짓을 이야기하는 것이오?"

"사실 하늘로 올라가보면 허망하실 것입니다. 저 포근해 보이는 구름도 실은 허상일 뿐이거든요. 그저 드넓은 공간과 안개, 물기들이 가득하답니다. 그러니 어린애들에게나 할 법한 거짓 이야기들이 진실보다 훨씬 낭만적인 것이지요."

"결국 외계인은 있어도 선녀님은 안 계시는 것이군. 하긴 이런 데퉁스러운 아가씨가 상상해왔던 선녀님이라면 사내들 아랫도리만 힘 빠지겠어."

"선녀님은 안 계셔도 이리 어여쁜 제자는 있지요."

미르가 깜찍하게 눈꺼풀을 깜빡댔다. 도명도 입술 주름이 풀어져 '헤' 하고 산딸기만 먹었다. 교태를 부리려거든 교학에게 가서 할 것이지, 이 아가씨는 너무 경각심이 없었다.

"허험, 그나저나 낭자께선 우주선이라는 것, 다 고쳐가시오?"

"그것이…… 그 상태 그대로랍니다. 아무리 눈을 뿌시고 찾아봐도 나사 하나가 보이질 않네요."

"그 조그만 나사 하나 없다고 해서 커다란 우주선이 움직이질 못하오?"

"아무리 작은 나사라도 그 부품이 제일 중요한 부품이라고요. 정확히 말하면 제일 중요한 기능을 기동시키려면 그 부품이 필요하거든요."

"무슨 기능을 작동시키는 것인데요?"

"일단 제 쪽에서 조난 신호와 구조 요청을 보내도 훨씬 전에 보냈어야 했어요. 그래야 부모님께서 저를 데리러 지구로 오실 거 아니에요. 그래서 제 위치를 발송하고 정보를 전송하기 위해서는 우주선 전체를 관할하는 인공지능 시스템 에이 아이^AI를 발동시킬 필요가 있어요. 여기서 바로 그 티타늄 나사가 결정적인 접합 기능을 하는데 온 산을 뒤져도 나오질 않네요."

"해괴한 단어들을 나열하여도 조선인인 나는 알아들을 수가 없구려. 뭐 어쨌든 대충 이해하기로 그것이 있어야 우주선의 대가리를 굴릴 수 있다 그 말 아니오?"

"예, 그것만 있었으면 이미 부모님께 구조 신호도 보내고, 어쩌면 우리 별로 돌아갔을지도 모르죠. 대체 어디로 가버린 걸까요? 떨어지면서 충격이 세긴 했지만 기체 자체는 크게 손상되지 않았는데 하필이면 제일 중요한 부품이 없어질 게 뭐람."

"낭자는 그 당시 하늘에서 떨어지면서 정신을 잃었다고 했으니 멀쩡히 제정신으로 쭉 지켜봤을 교학에게 물어보는 것이 어떻겠소?"

"하오나…… 도령에게 물어보는 것은 싫습니다. 왠지 그런 것을 물어보면 자기랑 있는 것이 싫어 빨리 돌아가고 싶어 한다고 오해할 수도 있지 않습니까? 그런 것은 싫어요."

"이 한심한 아가씨를 보았나. 그래도 중요한 것이라면 교학에게 도움을 청해야지, 끙끙 앓고 있을 참인가? 게다가 그런 낭자를 잃고 마음 아프실 부모님은 무슨 죄요?"

부모님이란 단어가 나오자 미르의 안색이 급격히 어두워져버렸다. 사실 무척 보고 싶었다. 도명의 말대로 눈감으면 눈두덩에 선히 떠오르는 집과 부모님의 얼굴에 베갯잇을 적신 적이 한두 번이 아니었다. 하지만 그래도 휘지에게 자신의 그리움마저 짊어지게 하고 싶지는 않았다. 그를 떠날 수도 없었다. 필사적으로 부품을 찾아 헤매지 않은 것은 그런 연유였다. 도명도 더 따지지 않고 멍하니 우주를 바라보았다.

"낭자가 살았던 별은 여기 어디쯤에 있는 것이오? 육

안으로 보이기는 하오?"

생각도 않고 있었는데……. 그러고 보니 자신이 살던 별을 헤아려본 것이 언제였을까. 미르는 화면을 확대하여 은하수 지점을 손가락으로 가리켰다.

"여기 어디쯤에 있을 거예요. 여기요. 133억 광년 떨어진 곳이니까 육안으론 절대 볼 수 없지요. 이렇게 확대하면 짜잔, 우리 은하예요. 스승이 살고 있는 지구가 나선 모양의 은하라면 우리 트레나^{Träne} 은하는 커다란 공 모양의 은하예요."

"이야, 정말 대단하구먼. 소저 나중에 그 손에 쥔 것 나 하나만 주시오. 참으로 탐나는 물건인지고."

도명이 껄껄껄 웃으며 파안대소했다. 미르는 오래도록 자신이 태어난 별을 만져보았다. 그녀는 이내 트레나^{Träne} 은하에서 지구가 있는 나선은하의 광경을 대기 중에 떠올렸다.

"이제 그만 보죠. 저도 내려가야 하고 스승께서도 향교로 돌아가셔야 하지 않겠습니까?"

"그렇긴 하지만 조금만 더 봅시다. 이것 보시오. 여름 별인 견우성과 직녀성이 보이지 않소? 어여쁘게 반짝이지만 안타까운 사연이 있는 별들이라오."

도명이 은하수를 가운데에 끼고서 애처롭게 반짝이는

두 별을 손으로 가리켰다.

"안타까운 사연요?"

"그렇소. 무슨 사연인고 하니, 예전에 하늘나라 옥황상제께 어여쁜 손녀 따님이 계셨는데 베 짜는 솜씨가 일품이었다고 하더군. 그 아가씨 이름이 바로 '직녀'였지요. 그리고 천상에서 소를 몰던 목동 '견우'가 있었답니다. 둘은 각자의 분야에서 탁월한 능력을 보이는 천재들이었소. 헌데 이 둘이 눈이 맞아 사랑에 빠졌다오. 혼례를 치른 두 사람은 사랑 놀음에 빠져 더 이상 일을 하지 않게 되었고, 게으른 이들에게 진노하신 상제께선 둘을 은하수 너머 양쪽에 갈아놓아 만날 수 없게 하였지요. 저리 넘실대는 강을 사이에 두고 연인을 그리워하는 별들이니 참으로 안타깝지 않소?"

"사랑하는 이를 눈앞에 두고 만나지 못한다니요. 그보다 슬픈 일은 세상에 없을 듯합니다."

"그렇지요. 그래도 음력 칠월 칠석이 되면 그들을 불쌍히 여긴 까마귀와 까치가 그들의 몸으로 은하수에 기다란 오작교를 만들어주어 딱 한 번 만날 수 있게 되었다오. 어찌되었든 행복한 결말이 아니겠습니까. 그러고 보니 얼마 후면 칠석날이 다가오는군요. 칠석날 저녁에 내리는 비나 이슬을 쇄루우灑淚雨라고 하는데, 일 년 후의 만남을 기약하여 아쉬운 이별의 눈물을 흘린다 하여 붙여진 이름이라오."

"다행이긴 하나 그래도 결국 함께할 순 없다는 이야기잖아요. 그런 건 행복한 결말이라고 생각되지 않아요."

미르는 견우와 직녀 이야기가 석연치 않아 재빨리 이야기를 끝맺었다. 도명은 향교로 돌아갈 생각을 하니 벌써부터 잠이 쏟아지고 술 생각이 간절하여 미르에게 칭얼댔으나 제 볼일 다 끝났다고 그녀는 엉덩이를 털고 자리에서 일어섰다. 조금만 더 보여주지. 도명이 입맛을 쩝쩝 다셨다.

*

"아니, 우리 교학의 야들야들한 속살을 보니 내 가슴이 다 후들거리는구면."

멀리서 사립문을 열고 수하가 들어왔다. 물을 끼얹던 휘지도 고개를 들고 접선을 부쳐대는 그를 바라보았다. 그는 손에 들고 있던 수박을 들고 한쪽 눈을 찡긋하더니 휘지에게 성큼성큼 다가섰다. 물기에 젖은 귀밑머리를 말려준다며 수하가 바짝 다가와 능글스럽게 살결을 문댔다. 휘지는 닭살이 돋아 봉구에게서 수건을 빼앗아 몸을 닦고 제 속적삼을 찾아 걸쳤다. 수하는 더 놀려먹으려다가 휘지가 싱겁게 옷을 걸쳐버리자 아쉬워서 입을 뻐끔거렸다.

"주책없이 기롱譏弄하실 것이라면 사랑방에나 돌아가시고, 볼일이 있으시다면 방으로 드시지요."

"으흠, 봉구 너는 이 수박 가지고 들어가서 좀 썰어 오너라. 남는 것은 너 다 먹고."

"안 그래도 수박 생각이 나던 차였는데, 한명 나리 감사합니다요. 얼른 잘라서 방 안에 들여드리겠습니다."

"그래, 몇 조각 남겨두었다가 소저 오시면 드리고."

"예, 예. 소저는 기똥차게도 챙기십니다."

수하와 봉구가 이구동성으로 쭝얼거렸다. 휘지도 계면쩍어 뒤통수를 벅벅 긁으며 방문을 열고 수하를 들였다. 그는 자신이 집주인인 것처럼 방 정중앙에 양반다리를 하고 앉았다.

"요새 미르 소저와 깨가 쏟아진다고 하던데 틀린 말이 아닌가 보구면. 늦게 배운 도둑질에 밤새는 줄 모른다고 난생처음 연애를 하니 정신을 차릴 수가 없는가 보지? 난 잘못한 것도 없이 미르 소저에게 자네를 잃었구면. 내 순정은 어찌하라고."

"그러기도 힘드실 터인데 참 쉼 없이 농을 치십니다.

어쨌든 요새는 죽어도 여한이 없을 듯합니다."

"그래, 그래. 내 자네 얼굴 밝은 것을 보니 나까지 힘이 솟아나는 것 같군 그래."

수하는 사랑에 빠진 제 벗이 보기 좋아 빙그레 웃었다. 사람이 사랑에 빠지면 빛나 보인다더니 휘지 뒤로 후광이 비치는 듯하였다. 봉구가 수박을 들이고 방문을 닫을 때까지도 끊임없이 농을 치던 수하는 뜸을 들이더니 자세를 고쳐 앉고 말소리를 줄였다.

"시장이 요상하게 돌아가고 있더군. 다들 쉬쉬하면서도 공포에 떨고 있어."

"좌수 영감 댁은 조사해보셨습니까?"

"믿을 만한 아이들을 골라서 그 댁내에 들여 넣으려고 애를 써봤지만 보안이 만만치가 않네. 그 집 종복들 수장인 '함흥아재'라는 자가 치밀하고 빈틈이 없는 데다 뱀처럼 요사스럽고 사악하기 그지없다네."

"그 목소리가 낮고 쉭쉭 바람 빠져나가는 것처럼 새는 사내를 말씀하시는 것입니까?"

"그렇다네. 그자의 머리가 비상하여 이미 관아에서 내보낸 우리 아이들 정체가 다 탄로 난 모양일세. 대놓고 아이들을 내쫓지는 못하나 쓸데없는 일만 시키고 집 내부로는 들어가지도 못하게 한다는군."

"그렇군요. 무엇보다도 좌수께서 그 막대한 양의 곡식들을 거둬 가서 어디에 쓰는지를 알아야 하는데 말입니다. 애시당초 다들 공공연하게 방납이 이루어지고 있다는 것쯤은 알고 있었지만 이렇게 심각한 규모로 이루어지고 있을 줄은 미처 몰랐습니다."

"그러게 말이네. 왜란이 끝나고 성상께서는 고통받는 민초들의 삶을 개선하기 위해 세금도 낮추시고 여간 노력하시는 것이 아닌데, 어쩌자고 지방의 유지들은 그 뜻에 따르는 것도 못 하여 착취를 한단 말인가? 특히 좌수는 박하기로 정평이 나 있더군. 고리대에 소작료 인상에, 방납을 핑계로 엄청난 양의 현물을 요구하는 것까지. 아버님께서 단속을 철저히 하셨다고 생각했는데 아니었나 보군."

"도호부사의 잘못은 아닙니다. 도호부사께서는 척박한 땅을 고르게 만들어 농사짓기 편하게 만드는 일부터 시작하여 양양이 살기 좋은 곳으로 변할 수 있도록 최선을 다하셨습니다. 어떻게 모든 일이 다 뜻대로 되겠습니까. 다만 위세 등등한 유지들보다도 백성들이 잔뜩 겁먹어 있는 것이 문제입니다. 이런 말씀 드리면 거북하시겠지만 백성들은 잠시 임기만 채우고 떠나는 도호부사보다야 천년만년 위악을 부릴 좌수 영감 눈 밖에 나는 것이 더 두렵다고 하더군요."

"그렇겠지. 나라도 그럴 것이네. 우리야 임기가 끝나면 중앙으로 돌아가든가 다시 지방으로 발령을 받아 새로운 곳으로 떠날 테지만 이 고을 백성들은 그 악독한 좌수 영감과 죽을 때까지 동고동락해야 할 것이니 두렵기로 치면 후자가 더욱 두려울 테지. 허나 뭔가 알고 있다면 입을 열어줘야 좌수 영감을 벌줄 것이 아닌가. 나는 자네를 제외하고는 이 답답한 마음을 풀어놓을 곳도 없다네."

"답답하기로는 저도 귀형 못지않지요. 허나 걱정하지 마십시오. 둘이 힘을 모으면 분명 길이 나올 것입니다. 우선은 좌수 영감 댁 곡고에 곡식이 제대로 들어가 있는지부터 조사해야 합니다. 영감과 검둥이가 어떤 연관이 있을지는 섣불리 판단해서는 안 되지만 그만한 양의 곡식이라면 집 안에 다 쌓아놓고 있을 수만도 없을 것입니다. 분명 어딘가로 새어 나가고 있을 터인데…… 과연 어디로 가는 것일까요?"

"그러게나 말일세. 하지만 좌수 영감과 검둥이를 연결하는 것이 옳은 일인지 모르겠네. 오히려 검둥이는 흑사회와 연관이 있어 보이지 않나?"

"제가 알아보기로 흑사회는 강원도 일대에서 노략질

을 일삼던 꽤 규모가 큰 도적단이더군요. 하지만 귀형의 아버님이신 현 양양 도호부사께서 부임하시면서 소탕되었던 것으로 알려져 있습니다. 그런데 덕풍이 주인의 시신에 자국으로 남은 문양은 분명 그 흑사회의 상징이었지요. 그 말인즉슨 흑사회의 잔당이 설뫼를 떠돌며 살인견을 사육하고 있다는 것이 됩니다. 헌데 분명 죽기 전, 덕풍이 주인은 검둥이를 사육하고 있는 것이 이 고을의 윗분이라고 했습니다. 어쩌면 좌수 영감께서 흑사회와 관련이 있는 것은……."

"하지만 그건 말이 안 되네. 좌수께서 악독하기는 하나 그분은 아버님과 함께 도적 소탕에 참여하셨던 분이네. 자네 말대로라면 자기 손으로 정리를 하였단 말이되는데 그렇게 보이지는 않는단 말이네."

"그렇군요……. 그렇다면 부러 흑사회의 남은 잔당들이 자신들을 소탕한 도호부사와 양양의 유지들 사이를 이간질시키기 위해 분란의 씨앗을 던진 것이 아니겠습니까?"

"그렇지, 그리 생각해볼 수도 있겠구먼. 일단은 흑사회와 검둥이, 그리고 좌수 영감의 곡고를 따로따로 분리하여 검토해볼 필요가 있을 것 같군. 각자 나누어 생각해보고 연줄이 닿는 것들을 이어 붙여보자고."

"그럼 우선 좌수 영감의 곡고는 어떻게 생각해볼 수 있을까요? 그 안에 곡식들이 쟁여져 있다면 그저 좌수께서 탐욕을 부리는 것으로 치부할 수 있겠지만 그 안이 텅 비어 있다든가 혹은……."

"자네는 좌수께서 몰래 사병이라도 기르고 있단 말을 하고 싶은가? 아니면 개와 관련이 있다든가."

"제 짧은 소견으로는 흑사회의 그 문양은 이 고을 사람이라면 모두 알 수 있는 흔한 것이 아닙니까? 그런데 굳이 그것이 시신의 환부에서 나왔다는 것은 수사의 초점을 돌리기 위한 암막이 아닌가 사료됩니다."

"처음부터 흑사회는 좌수에 대한 의심을 돌리기 위해 심어놓은 장치였다는 말인가?"

"그럴 수도 있다는 말입니다. 그 개들 일전에 말했듯이 그냥 방목하여 기른 개들이 절대 아닙니다. 족적과 흔적 하나 남기지 않고 산을 타고 물을 건너는 것은 고도로 훈련받은 개들만이 할 수 있는 일이지요. 게다가 개들은 그저 위협용이 아닌 인명 살상용으로 이용되고 있습니다. 이 또한 단순히 노략질을 일삼는 도적들이 할 만한 짓이 아닙니다."

"호환을 빙자하여 개를 풀어 사람을 죽인다……. 그렇다고 그것을 좌수 영감과 엮는 것은 섣부른 추측이 아니겠는가. 사병을 기른다는 점도 그렇고. 오히려 돌려 고려해보면 화살을 죄수에게 돌리기 위한 함정일 수도 있네."

"사람을 숨겨 병력을 키울 수 있는 곳이라면 커다란 개를 소리 소문 없이 숨기는 것쯤이야 식은 죽 먹기겠지요. 하지만 형님 말씀에도 일리가 있습니다. 검둥이가 죄수 영감과 연관이 있든, 흑사회와 연관이 있든 범인은 분명 죄수 영감과 사연이 있는 사람일 것입니다."

"그럴 것이네. 어찌되었든 죄수 영감을 사건에서 배제할 순 없겠지."

"그렇습니다. 흑사회가 되었든 검둥이가 되었든 누구의 도움도 없이 산속에서 살아남기는 힘들 것입니다. 그러니 우리는 죄수 영감의 곡고는 물론이며 근처 지방 유지들의 곡고 상태를 조사할 필요가 있습니다."

"맞는 말이네. 맞는 말이야. 헌데 무슨 수로 함흥아재의 눈을 피하여 우리 아이들을 안으로 들일 수 있겠나? 차라리 우리 투견장 때처럼 직접 변복을 하고 침투하는 것이 어떻겠나?"

"그곳엔 우리의 얼굴을 아는 자가 많습니다. 우리에게 날이 서 있는 시장 분위기로 보아서도 함흥아재 역시 우리의 낯을 알고 있을 것입니다. 그런데 어찌 그곳으로 들어갈 수 있겠습니까?"

"그땐 변복만 했지만 분장을 해서 알아보기 어렵게 만들면 되지 않겠나? 여기 쪼그리고 앉아 탁상공론만 할 것이면 차라리 발악하는 셈치고 직접 들어가서 보는 것이 좋을 것 같구먼. 어찌하겠나?"

"제가 안 간다 하여 귀형께서 가지 않으시겠습니까? 홀로 보내는 것보다야 제가 동행하는 편이 마음 놓이지요. 이리 한번 입 밖에 낸 말씀은 반드시 해야만 직성이 풀리시는 성미니 저도 따르겠습니다."

"그렇다면 내일 사시에 내 방으로 오시게나. 분장 연습을 꼼꼼히 해보아야 하지 않겠나."

한결 홀가분한 얼굴이 된 수하가 입 주변에 수박 국물을 덕지덕지 바른 채 단숨에 빨간 과육을 먹어 치웠다. 휘지도 목이 타서 물기 오른 과육을 한입 베어 물었다.

2.

그저께 도명을 만나고 돌아온 뒤로 미르는 어딘가 우울해 보였다. 넌지시 허공을 바라보기도 하고 애타게 누군가를 찾는 듯도 하였다. 휘지는 미르가 향수병이 도져 그런가 보다 하고 말을 아끼며 부러 몸을 피했다. 그는 옷섶 안쪽에 넣어둔 작은 기계 조각을 요리조리 살펴보았다. 이 조그만 것이 무엇이 대단하여 그 거대한 별에게 숨결을 불어넣을까. 그도 환히 웃으며 미르의 손에 이것을 쥐여주고 싶었다. 그러나 그것은 머리가 생각해낸 가장 이상적인 행동일 뿐, 그의 몸은 오히려 더 은밀하고 깊숙한 곳에 어떻게든 숨기고 싶어 안달이 났다. 그는 하루에도 열두 번씩, 그녀가 찾고 있을 텐데, 돌아가고 싶을 텐데. 돌려주어야지, 처음부터 붙잡아놓고 있으려고 시작한 연정이 아니지 않은가, 하지만 이걸 전해줬다가 안녕 인사 한마디만 남기고 훌쩍 떠나버리면 나는 어찌하나, 오만 때만 망상으로 자신을 학대하고 괴롭혔다. 덕분에 염려할 것이 배로 늘어난 휘지의 눈가 밑은 시퍼렇게 질려 있었다.

하지만 오늘 하루는 번잡한 고민을 털어버리고 일을 해야 할 때였다. 수하와 미시에 만나기로 한 휘지는 변장을 하는 것과 좌수 영감 댁의 침입 경로를 다시 한 번 머릿속에 그려보았다. 큰일이야 있을까 싶지만 그래도 못내 걱정이 되어 휘지는 봉구에게 미르를 신신당부하고 길을 나섰다.

*

　휘지를 향한 마음 후련하게 단념하기로 했지만 그건 그 사내가 '홀로'일 것이라는 전제하에서였다. 누이라는 마지막 동아줄이 끊어지자 방해물이 사라진 그는 미르와 연인이 되었다. 수연은 아직도 청산하지 못한 자신의 누추한 마음에 미움이 일어 별당을 빠져나와 보내는 시간이 많아졌다. 몇 평 남짓한 네모난 방 안에 틀어박혀 있으면 그녀의 세상은 속절없이 휘지로 가득 찼다. 스스로를 자조하며 우중충하게 앉아 있느니 밖으로 나가는 것이 백배 이득이었다. 수연은 양양 못 앞 정자에 기대어 앉아 강가에 이는 잔물결을 바라보았다. 한 점 구름도 없는 청명한 하늘이 못 안에 투영되어 수연은 하늘을 보는 것인지 강물을 바라보는 것인지 헷갈릴 정도였다.

　"어찌 제 청혼을 물리셨습니까?"

　묵직한 사내의 목소리에 수연은 고개를 돌려 뒤를 바라보았다. 자줏빛 답호를 걸치고 정자 기둥에 서 있는 사내는 죄수의 아들 성강 김문혁이었다. 비에 쫄딱 젖어 처량한 강아지도 아니건만 그 위풍당당하던 풍채는 미련하게 오그라들어 말이 아니었다. 수연은 해줄 말이 없어 입을 떼지 못하고 우두커니 서 있었다. 양양 고을에서 그를 이렇게 초라하게 만드는 여인은 수연 단 한 사람뿐이었다. 오만방자한 콧대는 허물어 무너져 내렸고, 태산처럼 치솟은 눈썹도 김이 빠졌다. 그는 사형선고를 기다리는 죄인이 되어 수연의 입이 떨어지기를 바랐다.

"나리께서는 무엇을…… 묻고자 하시는 것입니까?"

드디어 떨어진 입에서는 냉랭한 한기가 뿜어져 나와 사내의 머리채를 휘감아 올라갔다. 사정없이 뒤흔들리는 문혁의 동공은 두려움에 질려 있었다.

"어찌하여 이놈의 청혼을 물리치셨습니까? 제가 소저를 마음에 품은 지 얼마나 오랜 시간이 흘렀으며, 그 마음이 얼마나 깊은지를 아직도 모르시겠습니까?"

"그렇다면 나리께서는 거듭 그 마음에 보답하기 힘들다 하는 여인에게 이토록 오랫동안 집착하시는 연유가 무엇이옵니까?"

"집착……이라고 하셨습니까? 소저께는 제 연심이 집착에 지나지 않았습니까? 매일 매일을 절절하게 소저만을 그리며 살아온 세월을 이리도 허무하게 만드시다니요."

"나리께서 저를 소중히 여겨주신 것은 알고 있습니다. 허나 제가 그 마음을 받을 수 없다고 수도 없이 말씀드렸지 않습니까? 헌데 나리께서는 제 의사 따위는 안중에도 두지 않으시고 저희 아버지께 혼담을 넣으셨더군요. 그것도 제게는 한마디 상의도, 허락도 구하지 않으시고. 저를 아끼고 연모하신다고 입으로만 말씀하셨지, 진정으로 제가 어떤 심정이었을지는 단 한 번도 헤아려보려고 하지 않으셨지요? 참으로 일방적인 연정이십니다."

수연은 의도치 않게 제 짜증을 문혁에게 모두 쏟아내 버렸다. 한번 터진 독한 말은 멈출 줄을 몰라 화살이 되어 연타로 문혁을 공격했다. 압도적인 수연의 성에 넋을 놓은 문혁도 입술에 핏기가 비치도록 꽉 깨물었다.

"그대는…… 그대는 이기적이었다 생각지 않으십니까? 그대는 단 한 번도 오만스럽지 않았다고 말할 수 있습니까? 그 수많은 사내들과 저를 한자리에 두고 재고 따지지 않으셨단 말씀이냐고요! 소저의 심정요? 어찌 몰랐겠습니까! 다만 제 연정이 소저의 마음까지 되돌아볼 여유가 없었던 것을요. 소저만 바라보다 뒤통수를 맞은 저는 어땠으리라 생각하십니까? 교학 그 친구에게 정신이 팔려 진정으로 그대를 아끼는 사내가 누구인지도 모르는 것을요. 허나 어떡합니까? 소저의 연정은 이제 물거품이 되고 말았소이다. 교학은 이제 연인이 생겨 소저는 쳐다보지도 않습니다. 그러니 그만 고집 부리시고 차라리 제게 시집을 오는 것이 좋을 것입니다."

이러려던 것이 아니었는데. 문혁에게 있어 수연은 어떤 상황에서고 짓밟아선 아니되는 여인이었거늘. 잠시의 화를 이기지 못하고 문혁도 수연에게 상처가 될 말들만 골라 패악을 부렸다. 그녀는 부들부들 떨리는 손으로 주먹을 쥔 채 눈물이 그렁그렁하여 그를 노려보았다. 혼자서 실연의 아픔을 삭이고 있었는데 이 교활하고 얍삽한 사내에게 이리 치도곤을 당하다니. 수연은 그의 앞에서 눈물을 흘리는 것조차 스스로에게 더없는 오욕일 것 같아 안구에 힘을 주어 참아냈다. 문혁도 자신이 지금 무슨 짓을 한 것인지 지각이 되지 않아 긴 숨만 몰아쉬었다. 북받쳐 오르는 울분을 가라앉힌 수연이 노여움에 겨운 표정으로 문혁에게 입을 열었다.

"그렇군요. 저 또한 나리께 생각지도 못하게 많은 상처를 남겼군요. 허나 제 연정이 물거품이 되었다 하여 나리와 혼인을 해야 한다는 말은 어불성설이 아니십니까? 그리고 앞서 말씀 드렸듯이 저는 나리께는 손톱만큼도 관심이 없습니다. 이년이 오만방자하고 편협하여 나리 같은 귀한 분을 못 알아보는 것은 제 복이 없어 그런 것이겠지요. 그리고 이 또한 나리께서 상관하실 바는 아니십니다. 저는 예서 하늬바람이라도 쐬러 온 것이니 계속 먹장구름 끼었지 말고 가던 길 가시지요."

"나는…… 나는 소저를 사랑하오. 어찌 몰라주시오. 항시 나를 보면 뿔난 염소처럼 들이박을 생각만 하시는 것이오? 내가 소저에게 무엇을 그리 잘못하였습니까? 나는 단지 그대를 연모할 뿐입니다. 내게 눈길 한번 주지 않고 갑자기 들이닥친 허깨비 같은 사내에게 마음을 주신 것은 소저입니다. 나는 그대에게 매번 충고를 하였지요. 그 간사한 자는 성상을 배신하여 죄를 짓고 유배를 온 치졸한 사내이니 후일에 정인이 된다 하여도 얼마든지 소저를 배신할 수 있는 사내라고요. 이것 보시오. 결국 소저 또한 그자에게 보답받지 못하고 이리 가슴만 아리게 되지 않았소? 처음부터 내 말을 들었다면 이런 불상사가 일어나기나 하였겠소? 지금이라도 늦지 않았소. 내 마음은 전과 다름이 없으니 내게 오기만 한다면 난 그대와 함께 백년해로하고 싶소."

"하, 참으로 말귀를 못 알아들으십니다. 제가 나리를 거절하는 것과 교학을 연모한 것은 별개의 문제입니다. 자꾸 그렇게 연결 지으려 들지 마세요. 그리고 그분을 깎아내려 자신과 비교하는 것은 열등감에서 나온 행동이십니까? 뭔가 도련님께 자격지심이라도 있느냔 말입니다. 그 고아한 분을 흠집 내지 마십시오."

"소저! 더는 나를 모욕하려 하지 마시오. 난 그대의 마음을 원하는 것이지 그대에게 이런 소리를 듣고 있을 이유가 없습니다. 어찌하여 그 죄인과 나를 비교하는 것입니까? 어디 감히 그자와 나를 견준단 말이오? 그치는 겉만 번지르르하고 행동거지를 얌전히 하지만 속에는 시커먼 괴물이 들어 있는 자입니다. 아무나 유배형을 받는 것인 줄 아십니까? 이렇게 소저께서 때 묻지 않고 세상 물정을 모르니 내가 마음이 놓이지가 않는 것입니다."

"나리야말로 제 앞에서 그분을 더럽히지 마시지요. 그분은 나리께 그런 하잘것없는 대접을 받으실 이유가 없으신 분입니다. 그분이 죄를 지어 유배를 오셨는지는 몰라도 누구보다 곧고 공정한 눈으로 남녀, 귀천 구분 없이 사람을 대하시는 분입니다. 그에 비한다면 나리께서는 빈천, 신분, 성별을 가지고 사람을 판단하는 가벼운 분이 아니십니까?"

"그것은 그자의 위선입니다. 기득권층에서 태어나 그렇지 못한 자들을 동정하고 그들과 동등하다 말한들 그들의 신분과 처지가 바뀔 수 있는 것입니까? 그냥 말장난에 불과한 것이지요. 그런 말에 휘둘려서 팔랑개비처럼 '저분은 인자하고 평등한 분이시다'라고 치켜세우는 자들이 멍청하고 어리석을 뿐이지요. 이 세상에 신분과 성별에 귀천이 있는 것은 그것이 응당 필요하기 때문입니다. 그리고 각자는 그 위치에서 맡은 바 소임이 있는 것이고요. 제게는 사내의 의무가 있는 것처럼, 소저께는 여인으로서 지아비를 맞이하고 섬기며 사랑할 의무가 있을 것입니다. 허니, 당연한 순리를 거스르며 민심을 어지럽히는 말을 내뱉는 것은 죄입니다."

"나리와는 도통 말이 통하질 않습니다. 사고 구조 자체가 다르니 어찌 생각이 통할 수 있겠습니까? 여인의 의무가 남편을 맞이하여 섬기며 사랑하는 것이라고요? 맞습니다. 그것은 여인 삶의 행복이자 정석이겠지요. 이는 부정하지 않겠습니다. 허나 그것이 여인만의 의무라 말할 수 있으십니까? 더불어 사내가 하는 일을 여인은 할 수 없는 일이라는 것 또한 누가 정한 기준이란 말입니까? 빈천과 귀천의 구분은 있다 하여도 그것은 누구라도 사람의 힘으로 바꿀 수 있는 것이 아닙니까? 저는 이런 점들에 있어서 편협하기만 하신 나리를 도무지 사모할 수가 없습니다."

"소저는 지금 큰일 날 소리를 하십니다. 나라와 세상의 근간을 뒤흔들 말이라는 것을 알고나 하는 것입니까? 이 모든 것들이 그 교악한 사내에게 나쁜 물이 드신 것입니다. 지금 보니 소저는 아주 심하게 뒤틀리셨군요. 어서 정신을 차리셔야 합니다. 도호부사께서도 소저 때문에 근심이 상당하실 거외다. 이런 말도 안 되는 이야기를 어찌 그 작고 예쁜 입으로 하시는 것입니까? 저는 하늘이 두려워 입 밖에 낼 수가 없습니다. 하는 수 없지요. 제가 곁에서 지도해드리겠습니다. 지금은 소저가 제정신이 아니시니 제가 나쁜 길로 빠지지 않도록 돌보아드릴 것입니다."

무슨 말을 해도 전해지지가 않고 닿지를 않았다. 수연은 자신이 누구와 대화를 나누고 있는지도 모를 지경에 다다라 경악했다. 어떻게 상대가 하는 말을 저 따위로밖에 못 받아칠까. 처음부터 저런 사내였기에 관심 밖이었던 것이다. 다들 수련꽃 같은 자태의 아가씨라고 말하면서도 수연이 서책을 공부하겠다고 하면 코웃음을 치던 구닥다리들이었다. 수연은 더 대꾸하기도 힘들어 눈만 세모나게 뜨고 이 사내가 어디까지 꼴값을 떠나 기다려 주었다. 이윽고 문혁이 말을 마치자 수연은 고갯짓을 까딱 하고 그 자리를 벗어나기 위해 발걸음을 떼었다. 더 이야기를 나누어 무엇하겠는가. 그 장단이 그 장단이라고, 진전 없는 대화는 기력만 축나게 했다. 그녀의 철저한 무시에도 불구하고 문혁은 눈치가 없는지 현실을 부정하고 있는 중인지 떠나려던 그녀의 팔목을 거세게 비틀어 잡았다. 순식간에 전해진 저릿한 고통에 신음을 흘린 수연은 발끈하여 소리를 뺵 질렀다.

"이것 놓지 못하시겠습니까? 벌건 대낮에 거리 한복판에서 여인네에게 이런 무례를 범하다니요. 가장 기본적인 것도 준비되지 않은 사내를 어찌 평생을 믿고 따를 지아비로 맞을 수 있겠습니까?"

"이건 실수였소. 소저가 자리를 뜨려 하시니 다급한 마음에 몸이 먼저 움직였습니다."

"변명하지 마세요. 이런 사소한 상황에서도 화를 참지 못하여 언성을 높이고 폭력적으로 행동하는 분은 원래 본바탕이 저급하여 그런 것입니다. 제가 제정신이 아닌 것이 아니라 나리께서 제정신이 아니십니다. 저는 집으로 돌아가야겠으니 몸을 틀어 길을 내주시지요."

"내가 이렇게 고개 숙여 사과하지 않소? 소저는 사람을 왜 이리 벼랑 끝으로 내모시오? 비난만 하지 말고 내게도 항변할 기회는 주셔야지요."

"대체 이 무의미한 대화를 언제까지 해야 한다 말입니까? 나리, 저는 지금 나리와 함께 있다는 것 자체가 곤혹스럽고 싫습니다. 나리께서 제 몸에 손을 대니 소름이 돋았다고요. 아십니까? 나리야말로 겉으로는 하얀 백로인 척하시는 까마귀란 말입니다. 그 검은 때 제게 옮기지 마시고 그만 놓아달란 말이어요!"

자신의 연정을 짓밟는 것도 모자라 자신을 까마귀에 비하는 수연의 발언에 문혁도 더 이상 의욕이 나지 않아 얼굴만 붉혔다. 그는 뭔가 반응을 해야만 할 것 같은데 몸이 움직이려고 하질 않았다. 사고가 정지했고, 혀가 굳었으며, 몸이 말을 듣질 않았다. 완벽한 정지. 문혁은 지금 터지기 직전의 활화산이었다. 머리에 피가 돌기 시작하고, 생각이 꼬리에 꼬리를 물자 잠들어 있던 분노가 무섭게 터져 나왔다. 그는 치욕과 화로 온몸이 새빨갛게 물들었다. 눈알의 실핏줄도 터질 것 같았다. 움찔움찔, 그의 손가락들이 가늘게 떨렸다.

"이…… 이."

그러나 여전히 문장을 만들어내지 못하는 수준에 불과했다. 수연은 문혁의 약해진 악력에 힘껏 손목을 뿌리치고 정자를 빠져나왔다. 문혁은 뺨을 얻어맞지도 않았는데 정신이 얼얼하여 아무것도 하지 않고 해가 질 때까지 그 자리를 떠나지 못했다.

*

한편, 한여름 삼복더위에 곤비해진 미르는 마루에서 노루잠을 청하다 말고 휘지가 나가는 기척에 놀라 깨고 말았다. 그녀는 땅 위로 지글지글 타오르는 열기에 학을 떼더니 시야가 가물가물하여 따라나서지도 못했다. 다시 한 시진 정도를 꿈결에 보내던 미르는 이번엔 봉구가 빨래를 터는 소리에 잠에서 깨어났다. 이래서야 사람이 아니라 퍼드러진 시래기보다 못하겠기에 미르는 두 손으로 죄 없는 뺨을 몇 대 때리곤 찬물을 들이켜 잠을 쫓아냈다. 그녀는 봉구 옆으로 쪼르르 달려가 빨랫줄에 휘지의 옷을 정갈하게 널어갔다. 옷가지는 그 사람의 분신이자 허물이라고도 하던데 주인을 닮아 구김하나 없이 격조 있었다. 빨래거리가 다 떨어지고 나서도 할 일이 없던 미르는 봉구에게 도령은 언제 오느냐며 그 뒤를 쭐레쭐레 따라다녔다. 제 주인의 향방을 몰라 난감해하던 봉구는 미르를 피해 다니려 애를 썼다. 하는 수 없이 그녀는 탄식 섞인 한숨을 내뱉곤 평상 위에 벌렁 누웠다. 어느덧 해가 뉘엿뉘엿 서산으로 넘어가는데도 휘지는 들어올 기미가 안 보였다. 봉구는 부엌에서 밥을 짓는다고 분주하였고 미르는 부엌에서마저 쫓겨나 집구석에 앉아 있을 수가 없었다. 어린 아가씨 하는 양이 안쓰러웠던지 봉구는 그리 마음이 수란하면 차라리 밖으로 나가보라 권유했다.

"그럼 봉구 씨, 도령 찾아서 들어올게요."

그렇게 외친 미르는 누가 붙잡을세라 쏜살같이 사립문을 박차고 시장 어귀까지 달려갔다. 들고 나온 돈이 없어 입맛만 다시며 돌아다니다 저벅저벅 양양 못 근처까지 다다르게 된 그녀는 흙먼지 날리는 바닥에 털썩 주저앉아 옷섶에 달아놓은 노리개와 일전에 휘지가 깔고 앉으라고 건네주었던 손수건을 꺼내 헤벌쭉 웃음꽃을 만발하였다. 도령이 준 것인데 어떻게 엉덩이에 깔고 앉을 수 있겠는가. 그녀는 너무 박박 문댄 탓에 올이 풀려 볼품없어진 손수건을 신줏단지 모시듯 설설 잡았다. 그래도 어떠랴. 소중하기만 하면 장땡이지. 미르는 미친 여자처럼 호숫가에 앉아 실없이 방실대고 있었다.

"이……게 누구십니까? 교학의 사촌 누이이신 미르 소저가 아니십니까?"

여름 저녁 어스름이라 해도 지나칠 정도의 한기가 돌아 뒤를 돌아보니 울었는지 퉁퉁 부어 충혈된 눈의 문혁이 삐딱하게 서 있었다. 몸 전체에 힘이 빠져 덜렁거리는 것이 꼭 술 취한 사람 같았다. 전에 주막에서 실랑이를 벌인 일도 있고 해서 미르는 자리를 피할 생각만 하였다.

"어디 가십니까? 호수 구경하고 계시던 것이 아니었습니까? 혹 저 때문에 일어서는 것은 아니시지요?"

"저녁 먹을 시간이 다 되어 집으로 귀가하려던 것이니 신경 쓰지 마십시오."

"그래도 제가 다가오자마자 자리를 박차고 달아나시니 이놈이 싫어 그런 것이라고밖에 생각이 들지 않습니다."

"아직 저녁 어스름에 지나지 않았는데 벌써 약주를 하신 듯합니다. 술에 취하셨거든 댁으로 돌아가 다리 뻗고 주무시지요."

"허허허, 우리 고을 아가씨들은 어찌 이리 말들을 청산유수로 잘 받아치고 기가 세실까요? 다들 이놈은 넘볼 수도 없을 만큼 대단한 여장부들이십니다그려."

언제나 거만하고 사람을 깔보는 눈빛을 가진 사내였는데 오늘은 희번덕거리고 흐릿한 것이 미르는 더 무섭고 불길했다. 게다가 어느새 가까이 다가왔는지 미르의 옆에 바짝 붙어선 문혁의 몸에서는 술 냄새도 전혀 나지 않았다. 그녀는 슬기롭게 자리를 피할 생각에 마른침만 삼켰다.

"저는 칭찬을 해드린 것인데 왜 이리 긴장을 하실까요? 소저, 경계하지 마십시오. 일전에 주막에서 있었던 일은 피차 잊도록 합시다. 아니지, 실은 제가 앞뒤 정황도 제대로 파악하지 못하고 취한 벗들의 편만 들어 발생한 일이었으니 사과해야 하는 것이 맞는 일일 것이오.

미안했소, 소저."

문혁의 정중한 사과에 털이 곤두선 미르는 일이 어떻게 돌아가고 있는지 머리를 굴려보았다. 그는 여전히 기분 나쁜 눈으로 미소 지으며 이야기를 늘어놓았다.

"이미 고착되어버린 오해가 사과 한 번에 풀릴 것이라고는 생각지 않습니다. 허나 제가 진심으로 미안하게 생각하고 있다는 것만은 알아주셨으면 하오. 사람이란 겪어봐야 제대로 알 수 있다고, 스치며 알게 된 제가 못된 놈이었다면 앞으로는 친절하고 다정한 벗이 되어드리고 싶을 뿐입니다."

"지난번 관아에서 도와주신 일도 있고, 성강께 묵은 감정이란 없습니다. 하오나 똑똑히 기억하고 있는 것이 하나 있습니다. 주막에서 다툼이 있었던 날, 성강께서는 제 귀에 이해할 수 없는 말을 속삭이셨습니다. 기억하십니까?"

당장이라도 그 자리를 뜨려는 생각뿐이었는데 미르는 그간 마음 한 자락에 머물던 의문을 덜컥 내비쳤다. 왜 그때 일이 떠오른 것일까? 미르 자신도 알 수 없었지만 문혁의 얼굴을 보자마자 그가 했던 말이 떠올랐다. 미르는 전부터 쭉 궁금했던 일이었기에 여세를 몰아붙여 문혁을 추궁하기로 작정하였다.

"제 절친한 벗이 되고자 하신다면 그때 하셨던 그 의뭉스러운 말씀을 제대로 끝맺어주셨으면 합니다."

그는 미르의 눈을 바라보더니 결심을 굳혔는지 고개를 주억이고 무거운 입을 열었다.

"허면 제게 시간을 좀 내주시겠습니까? 지금부터 제가 하는 이야기를 들으시면, 어쩌면 소저께서는 대노하실 수도 있을 것입니다. 허나 한 치의 거짓도 없는 진실만을 이야기할 것을 맹세할 수 있습니다. 그러니 제게 해명할 기회를 주시겠소?"

미르는 이 불편한 남자와 이대로 헤어져 집으로 돌아가는 것이 좋을까, 아니면 따라나서 이야기를 듣고 발 뻗고 푹 자는 게 좋을까 고민을 하였다. 몇 초의 시간이 흐르고 둘 사이의 저울질은 생각했던 것보다 싱겁게 끝이 났다. 어느새 미르는 문혁이 이끄는 대로 시장의 주막으로 들어갔던 것이다. 문혁은 주모와 작게 읊조리더니 작은 방 하나를 마련하여 밥상을 들이게 하였다. 저녁 시간이라 허기지긴 하였으나 그녀는 문혁과 마주 앉아 밥상을 받을 만한 사이는 아니었다. 미르는 밥술을 뜨는 둥 마는 둥 문혁에 대한 경계를 늦추지 않고 질문 세례를 펼쳤다.

"그때, 성강께서는 제가 제일 믿어선 안 될 사람을 믿고 있다고 말씀하셨습니다. 누구를 염두에 두시고 하신 말씀입니까?"

"그것이…… 소저 밥숟가락 놓은 지가 얼마 지나지 않았는데 거북한 이야기를 들어도 정히 괜찮으시겠습니까? 체하실까 염려됩니다."

"그런 건 상관없습니다. 어서 이야기해보세요."

"아마 지금 소저의 머릿속에 처음 떠오른 사내를 말하지 않았겠습니까?"

도령을 떠올리고 있었는데. 미르는 괜히 부아가 치밀어 오르고 이자를 따라온 것이 후회가 되어 인상을 찌푸렸다. 그럼에도 그 이유를 알고 싶어 하는 자신의 간사한 마음이 제일 무섭긴 했지만 말이다.

"교학 오라버니를 말하시는 것이오?"

"왜, 교학이 가장 먼저 떠오르셨습니까? 말은 똑바로 하라고 오라버니가 아니라 그냥 교학 정휘지라 하셔야지요."

이건 또 무슨 자다가 봉창 두드리는 소리인가. 교학 오라버니나 교학 정휘지나 동일 인물을 가리키는 말이지만 그 속에 내포하고 있는 의미는 확연히 달랐다. 미르는 이 사내가 뭘 알기에 이런 말을 하나 싶어 좀 전보다 더 긴장되었다.

"지금 하시고자 하는 말씀이 무엇입니까? 그러니까 제 오라버니를 믿으면 안 된단 말씀입니까?"

"오라버니가 아니라 소저께서 지상에 내려오셔서 처음으로 알게 된 사내를 믿지 말라는 소리입니다."

지상에서 내려와, 라니. 문혁은 대체 어디까지 알고 있는 것인가. 미르는 대경실색하여 두 눈을 부릅떴다.

"걱정 마십시오. 소저를 위협하고자 하는 것이 아니니. 제가 소저를 협박하고자 했다면 소저께서 하늘나라에서 내려오신 분이라는 것을 애초에 떠들고 다녔겠지 이리 함구하고 있었겠습니까? 첫인상이 나쁘긴 하였으나 저는 입도 무겁고 상황을 따질 줄도 아는 사내랍니다."

"지, 지금 성강께서 무슨 이야기를 하시는지 모르겠습니다."

"그리 사리실 필요가 없으십니다. 이미 저는 다 알고 있으니까요. 소저께서 지상으로 오신 지도 반년이 훌쩍 지났군요. 눈 내리던 겨울 산에서 유성과 함께 내려오신 소저를 교학만 보았을 것이라 생각하셨습니까? 교학 그 자가 땔감을 줍는답시고 산을 오르던 것을 발견하고 동사할까 염려되어 그 뒤를 밟았지요. 그러던 차에 놀랍게도 소저께서 강림하시는 것을 저 또한 보았지요. 그 당시에는 교학의 기세에 눌려 그저 나무 뒤에 숨어 있었습니다만 오늘에서야 말을 하게 되었군요."

미르는 침을 꿀떡 삼켰다. 문혁은 이야기가 자신이 주도하는 대로 흘러가자 엷게 웃으며 박차를 가하였다.

"그리고 보았지요. 교학이 유성을 쫓아가다 말고 소저를 발견한 계곡 언저리에 떨어져 있던 무언가를 줍는 모습을 말이지요."

"무언가라니요? 그것이 무엇인데요?"

"그것은 저도 잘 모르지요. 은광이 나는 아주 작은 물체였습니다. 저는 아마 그것이 소저께서 찾고 계시다는 그 물품이 아닌가 사료됩니다."

대체 어디까지 속속들이 알고 있단 말인가. 자신이 잃어버린 것이 있다는 정보까지 문혁의 귀에 들어간 것이 놀라워 미르는 그를 넋 놓고 바라보았다.

"낮말은 새가 듣고, 밤말은 쥐가 듣는다고. 어쩌다 보니 소저께서 잃어버린 귀한 물건이 하나 있다 하기에 저는 교학이 주워 품에 넣은 그것이 아닌가 싶어 말씀드리는 것입니다."

"도령은 함부로 남의 물건을 취할 만한 사람이 아닙니다. 그리고 제게 필요한 물건이라면 숨기지도 않을 테고요."

"하지만 말입니다. 저 역시 그날 똑똑히 보았단 말이

지요. 교학이 하얀 눈밭에서 무언가를 줍는 것을 말이지요. 저는 소저가 염려되어 말씀드린 것이니 저어하지 마십시오."

"그래도 도령을 모함하는 것은 참을 수가 없어요. 도령은 그런 나쁜 일을 할 사람이 아니란 말입니다."

"교학이 소저에게 바라는 것이 있다면 어떻겠소?"

"바라는 것이라니요? 저는 힘없는 여인에 불과합니다."

"여인이지만 천상에서 내려오신 분이시지요. 그 사실하나만으로도 대단하고 고결한 분이십니다. 그런 분의 발목을 쥐고 떠나지 못하게 하는 데에는 이유가 있는 것아니겠습니까?"

"성강은 말을 삼가세요. 제 비밀을 지켜주신 점은 거듭 감사 인사 드립니다. 하지만 확실하지도 않은 이야기로 도령을 모함하려 들지 마십시오. 또한 그대가 무엇을보았건, 정말로 제 벗이 되고 싶고 저를 위협하고자 하는 것이 아니라면 도령을 건드려서는 안 될 것입니다."

"압니다. 하지만 안타까워 그러는 것이지요. 소저께서그의 진심을 연심으로 착각하고 질질 끌려가시는 것을보니 제 꼴이 날까 가슴이 저며 그럽니다."

"계속 희한한 말씀을 하십니다. 도령의 진심을 성강께서는 아신단 말씀이십니까?"

"소저께서 강림하시기 이전에 교학은 한명과 함께 어울려 다니던 양양 최고의 난봉꾼이었지요. 그에게 있어 여인은 하룻밤 잠자리 상대에 불과했고 득이 되지 않으면 쳐다보지도 않는 위인이었습니다."

"되었습니다. 시간 낭비에 귀만 더럽혔습니다. 저는 이만 자리를 뜨지요."

"귀에 쓴 말이 생에 단 말이 되는 법입니다. 지금 제가 용서하기 어려우시더라도 이야기는 끝까지 다 듣고 떠나십시오. 그래야 이놈도 최선을 다하였다고 자기 합리화는 할 수 있을 것이 아닙니까."

"이미 최선을 다하신 듯합니다. 되었으니 그만 가보겠습니다."

"방금 수연 소저에게 실연당하고 돌아오는 길입니다!"

문혁이 방문 걸쇠를 열고 나가려는 미르에게 소리를 질렀다. 치욕에 얼굴이 붉어진 그는 가엾은 눈망울로 미르에게 그 문을 다시 닫고 들어오라는 의사를 전했다. 나가야지, 나가야지 하던 미르도 수연의 이름이 호명되자 불안한 궁금증이 일어 자리에 도로 앉고 말았다.

"수연 아가씨께 차이다니요?"

"말 그대로 실연을 당하였지요. 교학이 유배 오기 전부터 내내 연모하던 여인이었는데 그가 오자마자 벗도,"

여인도 잃었지요. 하지만 그 이야기가 우선이 아닙니다. 교학이 소저를 만나자 수연 소저를 멀리하기 시작하더군요. 그리고 종내에는 두 분이 정인이 되셨다는 사실을 알게 되었습니다. 자연히 저는 전부터 연모해오던 수연 소저가 상심하였을 것을 생각하니 마음이 아파 매파를 보내 다시 혼담도 넣어보고 오늘은 이렇게 고백까지 하게 되었답니다. 그런데 뜻밖의 사실을 알게 되었지요. 실연을 당했다는 아가씨가 밝은 옥안으로 산보를 나오시는 것이 이상하여 어찌 연모하던 자에게 실연을 당하시고 이놈의 청혼도 거절하셨느냐 여쭈었더니 소저께서 쭈뼛쭈뼛하시더니 대답하더이다. '저는 실연을 당하지 않았습니다'라고 말이지요. 제가 그게 도대체 무슨 의미냐 물으니 소저께서 답하셨지요. 교학이 천상에서 내려온 미르라는 여인에게서 거대한 유성을 빼앗아 상감마마께 바치고 유배형을 면제받으면 혼례를 치르기로 약조하였다고 말입니다."

미르는 제 귀를 의심케하는 단어들이 문혁의 입에서 튀어나오자 힘에 겨워 신음을 흘렸다. 이 미친놈이 말이 되는 소리를 해야지, 더는 들어줄 수가 없구나 싶으면서도 왜 다리가 떨려 일어나지지 않는지 미르는 휘지를 의심하고 있는 제 자신이 용서되지 않았다. 일말의 의심도 없이 굳게 믿어줘야 할 사람을 어찌 이리 황망하게 만들꼬. 그녀는 기가 차 낯을 볼 면목이 없어 노리개만 손톱으로 쥐어뜯었다.

"제 말이 믿기 어려우실 테지만 한번 확인해보시지요. 과연 교학이 물건을 가지고 있는지 아닌지를요. 그리고 괴로우시더라도 소저에 대한 연심이 정녕 사실인지, 연기인지도 밝혀내셔야 할 것입니다. 그렇지 않으면 저처럼 그 두 사람에게 농락당하게 되실 테지요."

"제가…… 어떻게 성강의 말씀을 믿습니까?"

"제 이야기를 믿고 안 믿고는 그렇게 중요한 문제가 아닙니다. 소저께서 교학에게 상처를 받을 수 있단 사실이 염려될 뿐이지요. 그 간악한 자가 소저의 연정을 장기 말 정도로 취급하여 희롱하고 종내에는 소저의 소중한 별마저 훔치려 하니 도둑놈의 심보가 아니겠습니까? 아무리 수사가 바쁘다 하여도 그리 뻔질나게 관아를 드나드는 것부터가 수상쩍지 않으셨습니까?"

"당치도 않은 말씀이십니다. 증거도 없이 허무맹랑하게 무고한 사람을 모함하고 있는 당신을 제가 어떻게 믿어야 한단 말입니까?"

"그리 말씀하시면 저 역시 할 말은 없습니다. 제게는 증좌가 없으니까요. 허나 교학에게 물건이 있는지 없는지는 확인하셔야 할 것입니다. 만약 교학에게 소저께서 찾던 물건이 있다면 그는 그것을 고의적으로 숨겼다고 밖에 볼 수 없을 겁니다. 또한 수연 소저께서 하신 말씀 또한 증명할 순 없지만 제 두 귀로 똑똑히 들은 바를 옮긴 것입니다. 찬찬히 이성적으로 생각하다 보면 앞뒤가 얼추 맞아 들어갈 것입니다. 부디 그 두 사람을 조심하십시오, 소저."

미르는 괴상한 이야기를 하고 있는 성강보다도 그런 소리에 마음이 흔들리는 자신이 두려워 자리를 박차고 주막을 나왔다.

*

"돼지 껍데기를 얼굴에 얹으니 내가 돼지가 된 것같이 노린내가 진동을 하이."

"그러게 말입니다. 귀형 말씀대로 미끌미끌하고 뜨끈뜨끈한 것이 오묘합니다."

"두 번 할 짓은 못 되는 듯허이. 마침 오늘 함흥아재가 좌수의 명을 받고 다른 고을로 심부름을 갔다고 하니 후딱 들어갔다 나오세."

귀밑에서부터 턱까지 시커멓게 이어진 구레나룻이 생

소하여 휘지는 제 수염을 손으로 쓸어보았다. 돼지비계
를 덕지덕지 덧쌓은 수하는 어느새 후덕한 중년의 사내
가 되어 있었다. 몰라보게 달라진 생김새의 둘은 두런두
런 오늘의 임무를 점검하며 고래 등 같은 기와집 안으로
들어갔다. 곡식 포대를 푸짐하게 실어 나르는 수레의 뒤
꽁무니에 붙은 둘은 처음부터 섞여 있던 사람인 것처럼
능청스럽게 말을 주고받았다.

"거기, 가만히 있지 말고 그 쌀 포대 떨어지지 않나 잘
잡으시게나!"

너무 과하게 적재된 탓에 삐져나오는 쌀 포대를 가리
키며 수하가 천연덕스럽게 꾸지람을 놓았다. 순하게 생
긴 사내는 이런 사람이 있었나 싶어 고개를 갸우뚱하면
서도 곧이곧대로 몸을 움직였다. 휘지는 수하 하는 짓
을 보며 기가 막혀 '형님은 어딜 가도 자기 몸 하나는 건
사하겠구나' 하고 감탄해 마지않았다. 드디어 수레는 뚫
고 들어가기 힘들어 애를 먹던 난공불락의 김 좌수 댁
곡고로 들어섰다. 육중한 곡고의 문이 활짝 열려 탐욕스
럽게도 곡식 더미들을 먹어 치웠다. 수하와 휘지도 등짝
에 하나씩 짊어지고 곡고 안으로 들어갔다. 작은 창살
을 뚫고 들어오는 햇살이 내부를 부유하는 먼지들에 반
사되어 산란했다. 휘지는 재채기가 나오는 것을 가까스

로 참으며 한 손으로 입을 틀어막았다. 김 좌수의 곡고
는 다른 집 곡고보다 내용물이 풍부하다는 것을 제외하
고는 별다르게 특이할 것이 없었다. 수하와 휘지는 짐을
옮긴다는 명목 아래 부지런하게 여기저기 집적대며 살
펴보았다. 지푸라기가 깔린 바닥이며 곡식 더미와 짚 더
미들. 특이하게 의심스러운 구석은 없었다. 다만 정기적
으로 양양 고을 모든 집에서 현물을 수거해 왔다는 것에
비하면 턱없이 휑한 창고였다. 다 어디에 숨겨놓았을까.
혹은 어디로 빼돌린 것일까. 수하와 휘지는 사람들이 바
쁜 틈을 타서 좀 더 깊숙한 곳으로 들어가보기로 하였
다. 그렇잖아도 외곽에서 집을 살펴보았을 때 유심히 봐
두었던 곳이 하나 있었으니 바로 뒤뜰이었다. 어색해 보
이지 않으려고 둘은 지나가는 좌수 댁 종년들에게 싱거
운 농담을 던지며 유유자적 빠른 걸음으로 사라졌다.

　그럭저럭 다다른 뒤뜰에는 넓은 공터가 있었고, 장독
대가 즐비하게 정돈되어 있었다. 수하는 좌우의 눈치를
살피더니 성큼성큼 장독대 쪽으로 다가가 누런 된장을
찍어 먹어보았다. 휘지는 그의 돌발 행동에 놀라 주춤하
였다가 제 할 일이나 하자는 마음으로 뒤뜰 여기저기를
샅샅이 훑었다. 작은 화단을 지나 뒤뜰의 가장 깊숙한
곳에 나무 걸쇠로 단단하게 잠겨 있는 허름한 창고 하나

가 보였다. 휘지는 조심조심 주위를 살피며 창고 쪽으로 다가가 창살로 막힌 창문을 통해 안을 훔쳐보았다. 단단히 막아놓아 내부는 상당히 어두웠다. 무언가 윤곽은 보였으나 도통 무엇이 안에 들어 있는지 가늠할 수가 없었다. 그는 꽁꽁 잠겨 있는 창고의 문으로 다가가 걸쇠를 빼내기 위해 안간힘을 썼다. 어느새 다가왔는지 손가락 가득 장 냄새를 풍기며 수하가 다가왔다.

"뭔가 있긴 있는가 보군. 이 집 장맛에 고린내가 나는 것이 분명 무슨 흉계가 있네. 음흉한 곳에는 장독대 귀신도 터를 안 잡는다고 하니 말일세."

"시야가 어두워 무엇이 있는지는 정확하지 않으나 분명 뭔가 있는 것은 확실합니다."

"이 걸쇠가 아주 단단하구면. 하지만 뭔가 켕기는 것이 있는 자들은 창고 문을 보이는 곳에 떡하니 두지 않지. 본디 이런 커다랗고 위협적인 문은 위장용이자 속임수일세. 아마 저기 뒤쪽 후문을 열어보는 것이 좋지 않겠는가?"

수하가 귀신같이 숨겨져 있는 창고 후미 쪽의 문을 발견했다. 그는 자물쇠가 채워진 후문을 옷 속에 숨기고 있던 접선으로 힘껏 내리쳤다. 쩔컥, 하는 소리와 함께 문이 열렸다. 적막한 창고 안으로 빛이 새어 들어가자 내부의 광경이 눈에 들어왔다. 수하와 휘지는 믿기지 않는다는 눈초리로 창고 내부를 헤집고 다니기 시작하였다. 아무것도 없었다. 어떠한 증거도 의문거리도 존재하지 않았다. 그저 안 쓰는 물건들을 모아둔 버려진 창고에 지나지 않았다. 낡은 농기구들과 곰팡이가 핀 광주리들이 너저분하게 널려 있었다. 헛다리를 짚은 것인가 자조하고 있을 즈음 창고에 바람이 불어왔다. 실낱같은 바람결을 감지한 휘지가 수하에게 조용히 하라는 표시를 하더니 창고 바닥에 귀를 가져다대고 무언가를 찾았다. 수하도 그 옆에서 숨죽여 휘지의 반응을 기다렸다. 돌연, 가느다란 실바람이 창고의 바닥으로부터 올라왔다. 그들은 창고를 메우고 있던 잡다한 물건들을 치우기 시작했다. 잠시 후 바닥에는 문으로 단단히 걸어 잠근 작은 통로가 나타났다. 수하가 다시 접선을 꺼내 작은 문을 격하게 내리쳤으나 문은 덜그럭거리기만 할 뿐 꿈쩍도 하지 않았다. 뒤뜰로 들어온 지 시간이 꽤 지났기에 휘지도 조바심이 나서 바로 꽝꽝 내리찍었다.

"이러다 들키겠습니다. 그만 나가보는 것이 좋겠습니다, 형님."

"하지만 코앞까지 다 와서 포기하고 돌아갈 순 없네. 나는 오늘 여기 난 통로가 어디로 이어지는지를 확인해야겠어."

"확실히 수상하기는 합니다만 여기서 들키면 후일을 기약할 수가 없습니다."

"그래도……."

수하의 말이 채 끝나기도 전에 무장을 한 사내들이 창고 안으로 들이닥쳤다. 기척도 없이 나타난 것을 보면 수준급의 실력을 갖춘 자들이리라.

"웬 놈들이야!"

"저, 저희는 시전에서 곡식 옮기러 온 놈들이온데 물 마시러 왔다가 길을 잃고 예까지 들어오게 되었습죠."

"물을 마시러 왔다고? 네놈들은 물을 찾으러 안뜰을 넘어 뒤뜰까지 들어온다는 것이 상식적으로 가능하다고 생각하느냐? 정녕 뭐하는 놈들이야?"

다그쳐오는 한 사내의 뒤쪽에서 일일이 그런 것 따위 물어보는 것이 무슨 소용이느냐며 핀잔을 던졌다. 사내도 뒤쪽의 사내들과 수긍의 고갯짓을 하더니 다짜고짜 예고도 없이 몽둥이를 휘두르기 시작했다. 운동신경이 좋아 피하였지, 하마터면 머리통이 깨져 피를 철철 흘릴 뻔하였다.

"아니, 길을 잃은 무지렁이들이라 하는데 어찌 무식하게 폭력이요, 폭력은! 그리고 무기도 없는 사람들을 상대로 그리 우악스럽게 생긴 것을 휘둘러서야 되겠소?"

174

수하가 사내들의 몽둥이를 한 손으로 잡아채며 육탄전을 벌였다. 휘지도 지지 않고 사내들과 맞불을 놓았다. 사내들은 정말 두 사람을 죽일 기세인지 일말의 망설임도 없이 급소를 향해 몽둥이를 휘둘렀다. 수하와 휘지는 얇은 접선으로 몽둥이를 막아냈다.

　"이 사람들이 아주 살인나겠소? 살인!"

　"이놈이 입이 뚫렸다고 말은 잘 내뱉는구나. 네놈이 언제까지 실실 웃으면서 입을 놀릴지 지켜보마."

　"뚫린 입으로 이야기를 하지, 그럼 침만 뱉고 밥만 먹겠소?"

　"여기까지 들어온 이상 살아서는 못 보낸다. 쳐라!"

　사내들이 우르르 둘에게 달려들었다. 수하와 휘지는 능숙하게 사내들이 공격해 오는 힘의 반동을 역으로 이용하여 그들을 공격했다. 제 몽둥이에 얼굴을 맞은 사내가 코피를 터트리며 나가떨어졌고, 다른 사람들도 비슷한 형식으로 쓰러졌다. 그러나 수적으로 열세라 몰리는 것이 사실이었다. 휘지와 수하는 서로 눈짓을 하더니 창고 문 쪽을 향해 활로를 뚫었다. 치고받는 와중에 휘지의 머리통으로 몽둥이가 날아들었다. 재빨리 피하긴 했으나 이마가 찢어졌는지 뜨끈한 피가 눈을 적셔 시야가 흐려졌다. 수하가 휘지의 손을 잡아채 걸음아 날 살려라,

속력을 냈다. 나뭇가지로 쑤신 벌집에서 성난 벌 떼가 튀어나오듯 한 힘 한다 하는 죄수 댁 종놈들이 달려들었다. 수하가 무릎을 꿇고 먼저 휘지를 담 밖으로 던져 보냈다. 철철 흐르는 이마를 싸쥔 휘지도 담 건너에서 수하의 팔을 잡아 끌어올려주었다. 등을 보이며 담을 넘는 바람에 수하도 등짝에 몇 번이고 몽둥이질을 당했지만 개의치 않고 담을 넘었다. 개중의 몇 놈은 끝까지 둘을 잡기 위해 담을 넘었고 수하와 휘지는 붙였던 눈썹과 돼지 비곗살이 떨어져나가도록 달려 시전으로 숨어들었다.

"자네 안면에 피칠갑을 하였네. 괜찮은가?"

"예, 그럭저럭 살 만합니다."

"거, 집에 돌아가 미르 소저께 치료해달라 하게."

"그래야지요. 귀형께서도 몇 대 오지게 맞으셨던데 저희 집으로 가시겠습니까?"

"아니네. 생각해보니 우선 관아로 들어가 이야기를 나누는 것이 어떻겠나? 자네 집보다야 우리 집이 보안이 낫지 않겠나?"

"그렇군요. 제가 집에 꿀을 발라놓고 왔더니 한시라도 들어가고 싶어 정신을 놓았습니다."

"그럼 관아로 돌아가 다모에게 치료를 받으세. 조금 찢어진 것 같으니 간단히 치료하면 될 것이네."

더럽게 남아 있던 살점들을 마저 떼어낸 수하와 휘지가 휘적휘적 시전을 가로질러 관아 쪽으로 거슬러 올라갔다. 거리를 거니는 사람들의 수가 줄어들자 수하가 휘지를 향해 낮게 말을 이었다.

"좌수께서 참말로 숨기시는 것이 있는가 보이. 방금 우리를 공격한 자들, 보통 솜씨들이 아니었네. 정확히 공격해야 할 급소가 어디인지를 아는 자들이었네. 게다가 우리들이 올 줄 알았다는 듯이 준비하고 들어왔어. 빨리 도망치지 않았으면 봉변을 당했을 걸세."

"제 생각도 귀형과 같습니다. 철저하게 훈련을 받은 자들의 몸놀림이었습니다. 또한 좌수께서 거두어들인 곡식 양이 어느 정도인지 대충 가늠해보아도 곡고에 있는 것보다는 훨씬 많을 것입니다. 게다가 뒤뜰에 있던 창고는 분명 밖으로 이어져 있었습니다. 그 통로를 이용하여 곡식을 다른 곳으로 옮긴 것이 분명합니다."

"그렇지. 정녕 좌수께서 무슨 일을 꾸미고 있는 것이야."

수하와 휘지가 관아 어귀에 도착하자 나졸들이 뛰어나와 피를 흘리는 휘지를 부축하여 안으로 들였다. 정무를 보던 도호부사도 방에서 나와 그들을 맞아들였다. 휘지는 다모의 응급 처치를 받아 붕대를 머리에 감을 수 있었다. 차 한 모금을 마신 후에야 진정이 된 두 사람은 도호부사에게 보고 온 것들을 보고했다.

"좌수께서 방납으로 고을 사람들에게 막대한 현물을 거두고 그것을 어딘가로 빼돌린다, 이 말인가……."

"예, 영감. 아직 검둥이와 흑사회와의 연관성을 찾을 수는 없었으나 확실한 점은 좌수께서 무언가 꿍꿍이가 있으시다는 것입니다."

"그렇지요. 애초에 아버님 눈을 피하여 백성을 수탈한 죄를 물어 마땅하나 그것들을 어디로 옮겼는지가 더 중요합니다. 다시 백성들에게 돌려주었을 리는 없고 그 많은 현물로 무슨 일을 꾸미고 있는지 밝혀내야지요."

"그렇다면 매복을 하여 좌수 댁의 행동거지를 감시하는 것이 좋겠느냐?"

"지금은 확실한 증좌가 없으니 동태를 살피는 것이 좋겠지요. 수상한 것이 나오는 즉시 들이닥쳐 흉계를 밝혀내야 할 것입니다."

"예, 저도 귀형의 생각과 같습니다. 오늘 저희가 다녀간 사실을 그들도 분명 알게 될 것입니다. 지금쯤 증거가 될 것들은 모두 숨기고 사람들 입막음도 시켰겠지요. 명분이 없는 이상 함부로 좌수 댁으로 들이닥칠 수도 없으니 시간을 들여 살펴보셔야 합니다. 꼬리가 길면 밟히기 마련이라고 분명 결정적인 순간이 올 것입니다."

"그래, 그래야지. 죄수를 눈여겨보았다 생각하였건만 내 실수였군. 교학 자네 상처는 괜찮은가?"

"심려 마시지요. 큰 상처가 아니니 금세 아물 것입니다."

"그래, 집에 선녀께서도 계시니 자네 걱정은 하지 않아도 되겠지. 오늘 수고가 많았네. 이만 돌아가서 쉬게나."

인사를 마친 휘지는 문을 열고 동청 밖으로 나왔다. 휘지가 다쳤다는 소식을 들었는지 안절부절못하고 문짝에 서 있던 수연은 그가 갑자기 나오자 깜짝 놀라 얼어버렸다. 수연을 발견한 휘지가 미소로 반기며 그녀의 어색함을 풀어주었다. 벗을 부축하기 위해 따라나섰던 수하도 둘을 보곤 다시 자리에 앉았다. 그는 동생이 제 마음을 마무리 지을 때까지 끈기 있게 기다려주기로 마음먹었다.

"수연이 네가 관아 문 앞까지 우리 교학 좀 부축해서 배웅해주렴. 이 오라버니도 여기저기 쑤셔 더는 나갈 수가 없구나. 교학, 잘 가게나."

휘지도 수하의 인사에 화답한 후 난처한 표정으로 머뭇거리는 수연을 향해 빙그레 웃어주었다.

"명색이 사내 체면에 소저의 부축을 받기는 좀 그러나 피를 꽤 흘렸는지 빈혈이 입니다. 결례가 되지 않는다면 한명 형님 말씀대로 관아 앞까지 부축을 해주시겠습니까?"

휘지 역시 수하의 의중을 알고 있었기에 최대한 수연이 불편하지 않도록 배려해주었다. 여전히 수연은 휘지에게 있어 소중한 벗의 누이였다. 수연은 휘지의 말에 초조해하던 표정을 풀고 산뜻한 미소를 지으며 그의 한쪽 팔을 자신의 어깨를 둘렀다. 휘지도 그녀가 무겁지 않도록 몸에 힘을 주어 살짝 기대어 걸었다.

"어쩌다가 이리 다치셨습니까? 자신의 몸을 소중히 여기세요. 도련님께서 다치시면 하늘이 노래질 사람들이 많습니다."

"소저께 걱정을 끼쳐 송구스럽습니다."

"제가 도련님을 걱정했다는 것은 아니고요. 그러니까…… 미르 소저랑 봉구의 하늘이 노래집니다."

"예, 예. 앞으로 명심하고 조심하겠습니다."

담소를 나누는 통에 시야 확보가 안 돼서였을까. 수연의 발이 관아 문턱에 걸려 중심을 잃고 기우뚱 넘어갔다. 휘지가 수연의 허리를 감싸 한 바퀴 돌고 가까스로 넘어지는 것을 면하였다. 수연은 휘지의 품에 폭 안긴 자세로 놀란 가슴을 추슬렀다.

"도련님, 괜찮으십니까? 제가 덜렁대는 바람에 다친 분 힘만 더 뺐습니다."

"괜찮습니다. 소저의 도움으로 예까지 멀쩡히 나왔는

걸요. 이제 그만 들어가시지요. 여름이긴 하나 밤에 기온이 내려가 춥습니다."

휘지는 선한 미소를 지으며 안겨 있던 수연을 풀어주었다. 수연도 얼굴을 붉히며 화답하여 웃었다. 저만치 시전의 어귀에서 미르가 그런 둘을 황망히 응시하고 있었다.

3.

"아가씨, 오셨습니까? 도련님이랑 같이 오신다더니 어찌 혼자이십니까?"

봉구는 헐레벌떡 뛰어 들어오는 미르를 향해 말을 건넸지만 그녀는 듣지 못하였는지 곧장 휘지의 골방으로 사라졌다. 수심 가득한 표정에 의아해진 봉구가 미르의 뒤를 쫓아 방문을 열자 미르는 좁은 방 안을 우왕좌왕 서성이고 있었다.

"아…… 아가씨?"

눈치를 살피던 봉구가 넌지시 말을 걸자 미르는 갑자기 우뚝 멈춰 서더니 불안한 눈빛으로 봉구를 바라보았다.

"잠…… 잠시만요. 봉구 씨 잠시만 조용히 해줄래요?

나 생각 좀 정리해보게 잠깐만 조용히 해줘요."

"괜찮으십니까? 밖에서 무슨 일이라도 있으셨소?"

"잠깐만 조용히 해보라고요!"

버럭 신경질을 부리는 미르의 모습이 낯설어 봉구도 꿀 먹은 벙어리처럼 입을 봉해버렸다. 대관절 바깥에서 무슨 일이 있었기에 그리 유순하고 밝던 아가씨가 돌변하였는지 궁금증만 증폭되었다. 미르는 눈을 감고 심호흡을 하였다. 휘지의 품에 안겨 있던 수연과 문혁의 헛소리들이 한데 엉겨 정신을 차릴 수가 없었다. 돌연 눈을 뜬 미르가 휘지의 골방 구석구석을 헤집기 시작하였다. 정갈하게 쌓여 있던 휘지의 서책들이 어지러이 방바닥에 퍼질러졌다. 책상에 올려져 있던 벼루와 연적이 떨어져 하얀 화선지를 검게 물들였다.

"아가씨, 왜 이러십니까? 우리 도련님 물건은 왜 이리 어지르시는 것이오? 이제 곧 도련님 돌아오실 터인데 빨리 치우지 않으면 역정 내십니다."

봉구는 제 물음에 대꾸도 않고 방 안 뒤지기에만 열중하고 있는 미르의 이상 행동에 놀라 안절부절못했다. 뭔가 손을 써서 제지하기는 해야겠건만 함부로 상전의 정인에게 손을 대기도 못하겠기에 허공을 가르는 미르의 팔목만 멍하니 바라보았다.

"아이고, 아가씨. 정말 왜 이러시오? 그만 고정하시고 자초지종이라도 설명하고 이러시오."

"소저, 이것이 무슨 일이오?"

잠시 후, 출타했던 휘지가 집으로 돌아와 그 역시 미르의 행동에 깜짝 놀라 신발도 벗지 못하고 방으로 미끄러져 들어왔다. 미르의 손목을 낚아챈 휘지가 식겁하여 소리쳤다. 벌겋게 상기된 얼굴로 휘지의 눈과 마주친 미르는 가슴이 꽉 막히고 목이 메여왔다. 온몸에 힘이 쭉 다 빠져나간다는 말이 이런 상황을 이르는 것일지도 모르겠다. 미르는 자신의 손목을 거머쥔 휘지의 손을 싸늘하게 쳐내고 다시 골방의 이불 더미를 뒤졌다. 휘지는 영문을 몰라 봉구의 옆에 나란히 서서 미르가 하는 양을 바라보았다.

"소저, 지금 뭐 하는 짓이오? 말씀을 해주셔야 뭐라도 돕지 않겠습니까?"

"아니요, 도령이 도와주지 않아도 돼요. 나 혼자 해결할 수 있어요."

휘지의 눈에 지금의 미르는 제정신이 아니었다. 뭔가 애타게 찾고 있는 것으로 보이는데 갈피도 잡지 못하고 비틀댔다. 그는 다시 미르에게 다가가 그녀의 가는 손목을 잡아챘다.

"내 몸에 손대지 말아요!"

비명에 가까운 소리와 함께 제 힘에 못 이겨 나가떨어진 미르가 휘지의 접촉을 피하기 위해 거칠게 저항하였다. 절대 털 한 올도 닿지 못하게 하겠다는 결연한 의지가 느껴졌다. 휘지는 자신을 밀쳐내는 연유를 몰라 그저 멍청하게 그녀를 바라볼 뿐이었다.

'그럴 리가 없는데…… 누구의 말을 믿고자 하는 것인가.'

미르는 세차게 도리질을 쳐보았지만 생각과는 달리 귓가를 맴도는 문혁의 간사한 목소리와 함께 수연과 휘지의 포옹 장면이 떠올라 다리가 휘청거렸다. 놀란 기색이 역력한 휘지를 향해 미르가 입을 열었다.

"지금…… 누구를 만나고 돌아오시는 길입니까?"

"그러고 보니 내 오늘 급히 나가느라 행선지를 알리지 않고 나갔군요. 나야 지금껏 한명 형님과 함께 있다 오는 길이었습니다. 소식도 없이 이리 늦어 뿔이 난 것이었습니까?"

"한명…… 나리를 만나고 오셨다고요? 요즘 도령, 관아로의 발길이 지나치게 잦다고 생각지 않으십니까?"

"그것은…… 소저도 알다시피 형님께서 다치신 이후로 부쩍 나를 찾으시니 그리된 것이오. 별일 없이 그저 한담을 나눈다는 것이 이리 늦었소. 내가 소저를 홀로 방치하여 화가 났습니까? 우리 밥낭은 환자를 상대로 질투도 참 잘 내십니다. 여인은 투기하는 것이 아니라던데 누이는 벌써부터 투기가 장난이 아니십니다? 하지만 내가 잘못하였소. 그러니 화가 나셨다면 푸시…….”

휘지가 말을 끝맺기도 전에 미르의 눈에서 굵은 눈물 방울이 떨어졌다. 젖은 길을 그리며 그녀의 뺨을 가로지르는 눈물에 휘지는 눈치 없이 장난치던 것을 멈추었다. 미르의 우는 모습에 혀가 움직이질 않았다. 미르가 울고 있었다. 그녀의 약한 주먹이 천천히 그러나 정확하게 휘지의 가슴팍을 때렸다.

“거짓말쟁이…… 거짓말…….”

“소저, 지금 무슨 말을 하고 있는 것입니까? 왜 우는 것이오? 내 눈 똑바로 보고 이야기를 해보세요.”

“도령, 도령. 나는 정말 도령을…… 도령을 좋아해요. 좋아한단 말이에요.”

분명히 약한 솜 주먹에 불과한데……. 휘지는 미르의 주먹질에 가슴이 먹먹해져서 그녀의 좋아한다는 말이 너무도 아프게 들렸다. 대체 이 아가씨가 왜 이러는 것일까? 그가 미르의 손을 잡자 이번에는 그녀도 그의 손을 쳐내지 않았다. 휘지가 떨리는 눈빛으로 미르를 바라보았다.

"소저, 무슨 일이 있었던 거예요? 내가 뭔가 잘못해서 소저의 마음을 다치게 하였습니까? 나는, 나는 연애가 처음이라 이것저것 놓치고 둔합니다. 그러니 소저가 말씀해주시기 전까진 내가 무엇을 잘못했는지 알 수가 없어요. 소저를 괴롭게 하는 것이 무엇인지 알 수가 없단 말입니다."

휘지가 간절하게 말해오자 미르도 그의 눈을 피하지 않고 응시하였다. 그러나 그와 눈이 마주치자마자 몇 분 전에 관아 앞에서 보았던 장면이 계속 떠올라 주체할 수 없는 절망이 치받쳐 올랐다. 그녀는 이제 시비조로 그에게 빈정거리기 시작했다.

"도령은 아까부터 내게 계속 거짓말만 늘어놓고 있어요. 한명을 만나러 가셨다 하였지요? 그거, 거짓말이잖아요. 방금 전에 당신이 누굴 만나고 있는지를 내 두 눈으로 똑똑히 보았는데도 계속 발뺌을 할 셈이에요?"

"그러니까 그게 무슨 말이오? 내가 누굴 만나고 있었단 거요? 나는 분명 한명 형님을 만나고 관아에서 돌아오는 길이었소. 나는 지금 소저가 뭘 오해하고 있는지를 모르겠습니다. 어디서 무엇을 보셨기에 이리 성이 났는지 몰라도 내 이야기는 들어보셔야 하지 않겠소? 그리고 난 단연코 한순간도 소저를 속인 적이 없습니다. 난 그대에게 늘 떳떳하단 말이오."

"거짓말. 한 번 속으면 됐지, 두 번씩이나 멍청하게 속 아줄 순 없어요. 당신은 그렇게 상냥한 얼굴로, 따스한 목소리로 내 마음을 가지고 놀았어요. 난…… 난 정말 매 순간 당신에게 진심이었는데."

"소저, 그만둬요. 제대로 설명해주지도 않고 내게 그 런 말을 해선 안 돼요. 나 또한 매 순간 그대를 진심으로 대하는데 어째서 내 마음을 의심하고 떠보려고 하시오? 연유를 알아야 내가 올바르게 대처할 수 있지 않겠소? 지금 소저가 하는 행동은 그저 화풀이에 지나지 않소. 날, 내 마음을 농락하고 있단 말이오."

"난…… 난 진실을 알고 싶어요. 그러니까 도령의 진 심 말이에요."

"나는 소저를 사랑하오."

미르는 휘지의 단호한 말에 힘입어 속내에 숨겨두었 던 망설임을 드러냈다.

"좀 전에 관아에서 도령을 보았어요. 그러니까 한명 나리가 아니라…… 수연 아씨와 함께 있던 도령을 보았 다고요. 잘 어울려서, 나랑 있을 때보다 더 빛나 보여서 아무 말도 할 수가 없었어요."

휘지는 괜한 오해로 마음 졸이게 했던 것이 미안하기도 했으나 자신을 향한 미르의 믿음이 이 정도밖에 되지 않았는가 싶어 원망스럽기도 하였다. 하지만 무엇보다 미르에게 신뢰감을 심어주지 못한 스스로에게 화가 났다. 그는 미르의 떨리는 어깨를 감싸 품에 안았다.

"미안하오. 내가 다 미안하오. 괜한 오해를 하게 하였소. 하지만 밥낭, 그대를 제외하고 나를 이렇게 엉망진창으로 울고 웃게 하는 사람이 이 세상에 있는 줄 아시오? 뭐가 그리 믿음직스럽지 못하여 이리도 못나게 속 졸이셨소? 차라리 관아 앞에서 보자마자 뒤통수를 한 대 때리시지 혼자 집에 오는 내내 얼마나 아프셨소? 왜 혼자 그리 돌아가셨소?"

휘지가 조곤조곤 달래주자 미르는 여태껏 바짝 긴장했던 것이 풀려 횡설수설 한풀 꺾인 목소리를 냈다.

"아니에요. 내 잘못이에요. 내가 도령을 믿지 못하고 이 사단을 냈어요. 아까 성강에게 이상한 소리를 듣고 와서 그랬나 봐요. 성강이, 성강 그 사람이 이간질하는 것은 생각도 않고, 괜히 도령을 쥐 잡듯 잡았어요. 내가 너무 못나서 그랬어요. 내가 미안해요."

"아니요, 소저께 믿음을 심어주지 못한 내 잘못이오. 그러니 자꾸 자책하지 말아요. 관아 앞에서 수연 소저와 함께 있었던 것은 내가 오늘 좀 다치는 바람에 그런 것이었소. 한명 형님과 저잣거리 싸움에 휘말리는 바람에 이마가 찢어졌는데 날 부축한다고 문 앞까지 나오다 넘어질 뻔하였거든요. 잡아드린다는 것이 밥낭 보시기에는 충분히 오해를 살 만도 하였습니다. 주인 있는 사내가 너무 가벼웠소. 그러니 다 내 잘못입니다."

휘지의 다정한 목소리에 미르는 응어리진 마음이 다 풀려 그의 가슴팍으로 깊게 파고들었다. 휘지도 그런 그녀를 꼬옥 안아주며 그제야 안도의 미소를 지었다.

"그런데 성강께서 우리 밥낭께 대체 무슨 말씀을 하신 것이오?"

"그것이, 참 이상한 말이었습니다. 기분이 나빠 더는 생각하기도, 꺼내기도 싫은 말이에요."

"허…… 대관절 무슨 말이었기에 소저께서 이렇게 치를 떠십니까?"

"그자는 미친 작자예요. 수연 소저께 거절당하였다 하더니 세상의 모든 연인들을 다 갈라놓고 싶었나 봅니다. 도령에 대해 함부로 떠드는데 나는 그것을 또 믿고 앉아 있었어요. 다시 한 번 사과할게요. 미안해요, 도령."

"그래, 성강께서 나에 대해 뭐라 말을 하던가요?"

"그것이…… 도령께서 내게 숨기고 있는 것이 있다잖

아요. 그럴 리가 없는데…….”

“그렇지요. 내가 소저께 숨길 것은 절대 없지요!”

“그러니까요. 다음에 길거리에서 성강 그자를 만나면 내가 아주 갓을 쥐어 흔들어줄 거예요. 그런데 말이죠. 그 사람 나에 대해 알고 있더라고요.”

“소저에 대해서라니요?”

“그러니까 그자, 내가 하늘에서 떨어졌다는 것을 알고 있었어요. 그날, 우리 처음 만난 날 있잖아요? 성강도 그 시각에 그 산에 있었다고 하더라고요. 내가 내려오는 것을 봤다고요.”

“성강께서 밥낭이 선녀라는 것을 알고 있었다고요?”

“뭐, 선녀는 아니지만, 그게 중요한 것이 아니라…… 맞아요. 그 사람이 다 알고 있었어요. 그리고 그 사람 하는 말에 따르면 도령이 내 우주선 부품을 숨기고 있다는 거예요. 그게 대체 무슨 망발인지.”

순간 휘지의 초점이 흔들리는 것을 미르는 물론이며 봉구마저 보았다. 방 안에는 정적이 감돌았고 휘지는 입안이 메말라 목울대가 갈라졌다. 예상 외의 반응에 놀란 미르도 술렁이는 시선으로 그의 행동을 기다렸다. 꼿꼿하게 군은 그는 입이 떼어지지가 않아 어서 해명을 해야만 하는데도 한마디를 하지 못했다. 잠시의 주저는 미르의 오해에 다시 불을 지폈다. 아닌데, 아니어야 하는데, 성강의 말이 사실이 아니어야 하는 것인데…….

"아니죠? 아니면, 아니라고 말을 해요. 왜…… 아무 말도 못하고 그런 눈으로 나를 보는 거예요? 나를 속이지 않았다고 말을 해보라고요! 내가 그렇게 찾고 있었는데, 당신 앞에서도 몇 번이나 말했는데 정말 당신이 숨기고 있었던 거예요? 아닐 거야. 내가 지금 또 못나게 오해하고 착각하는 거죠? 아니죠? 아니라고 말해요! 진짜 왜 아무 말도 안 하는 건데? 정말 당신이 날 속이고 내 마음을…… 날 가벼이 보고 그걸 숨기고 있었어요? 내게서 우주선을 빼앗으려고? 날 기만하고 우스갯거리로 만들려고? 나를 낙오자로 만들려고요?"

미르가 주먹으로 휘지를 때리며 울부짖었다. 휘지는 말문이 막혀 잠시 동안 멍해졌다. 봉구는 미르를 말려보려 했으나 분위기가 하도 심각하여 끼어들 틈을 찾을 수가 없었다. 미르의 주먹질에 놓았던 정신이 서서히 돌아온 휘지는 그녀의 손목을 잡고 어떻게든 변명을 해보려 노력했다.

"잠깐 내 말을 좀 들어봐요. 내가 다 설명할 테니, 뭔가 오해가 생긴 게 분명해요. 그러니까 내가…… 내가 그걸 가지고 있는 것은 맞아요. 그런데 소저 대체 무슨 이상한 이야기를 들은 것입니까?"

"됐어요, 됐어. 다 필요 없으니 날 놓아줘요. 더 듣고 싶지 않아요. 지금 당신이 하는 말 하나도 믿을 수가 없어. 내가 분명히 속이는 것이 있느냐고 물어봤잖아요. 그런데 당신 오히려 날 못된 의심쟁이로 몰아세우면서 쳐다봤어. 그런데 결국 당신이 가지고 있었던 거예요? 정말 날 속이고 있었던 거야? 위선자! 날 좋아하는 줄 알았어. 그래서 내게 도움을 줬고, 내게 사랑한다고 속삭여주는 줄 알았어. 그런데 당신이 날 배신한 거예요? 나를, 더 불쌍해질 것도 없는 나를 조각조각 내서 처참하게 버리려고!"

"뭔가 오해가 있어요. 내가, 내가 소저의 물건을 숨긴 것은 사실이지만 소저를 향한 내 마음을 의심해선 안 돼요. 성강이 뭐라 말을 했는지는 모르지만 사실이 아니란 말입니다. 여기, 여기 있습니다. 소저가 찾으시던 물건은 여기 있소. 진즉에 주려 했지만 이걸 주면 당장에라도 소저가 날 떠나버릴까 무서워, 그것이 두려워 그랬소. 나를 바보에 겁쟁이라 하는 것은 옳아도 내 마음을 부정하는 것은 옳지 못해요!"

"아니, 당신은 날 속였고, 당신을 향한 내 신뢰는 바닥을 쳤어요. 그건 이제 무슨 수로도 복구시킬 수가 없어.

난 당신을 떠날 거야, 당신 말대로 찾던 것을 얻었으니 난 돌아갈 거라고!"

"하지만, 하지만 소저, 나는 해야 할 말이 있습니다."

"듣지 않겠어요. 최소한의 양심이 있다면 내 의견을 존중해요. 당신 덕분에 집으로 돌아가지 못했어. 우리 부모님은 나를 찾는다고 얼마나 상심하고 계실까요? 딸년이 멍청하게 사내에게 홀려 정신 못 차린 것은 까맣게 모르고 말이죠. 이제라도 제정신을 차렸으니 빠른 시일 내에 사라질 거예요. 다시는 나를 찾지도 말고 보지도 말아요."

미르는 휘지의 손에 있던 부품을 빼앗아 골방을 뛰쳐나갔다. 그녀의 뒤를 따라 가려던 휘지는 몸만 움찔거리며 그 자리에서 벗어나지를 못했다. 마치 다리가 바닥에 뿌리를 내린 것처럼 그는 방 밖을 향해 나가지 못하고 서서히 무너졌다. 왜 일찍 말하지 못했을까? 왜 그녀를 속이고 있었을까? 어쩌자고 그녀에게 상처를 주고만 것일까? 휘지는 넋이 나가 미르가 떠나간 자리를 하염없이 바라보았다.

봉구는 제 주인이 우는 것은 생전 보지 못하였다. 그런데 오늘, 미르가 떠난 자리에 초라하게 쓰러진 휘지는 끅끅 숨이 넘어가 가슴을 움켜쥐며 소리도 뽑아내지 못하고 있었다. 진즉에 돌려주었어야 했다. 망설임이 오해를 낳았다. 해명을 하고 진실을 알려야 한다. 적어도 자신의 마음을 올곧게 전해야 한다. 허나 고향에 돌아가고 싶지 않은 사람이 어디 있겠는가. 불쑥 튀어나온 부모에 대한 걱정과 귀향에 대한 그리움. 휘지는 미르를 잡을 수가 없었다. 그녀는 보내주어야 할 사람이었다.

*

미르도 화를 내고 나왔지만 내심 휘지를 기다리고 있었다. 다쳤다고 했는데. 좀 나았으려나……. 너무 몰아붙이고 나온 것은 아닌지. 미르는 휘지가 어서 와서 어떻게든 변명을 하고 다 오해였다고 말해주길 바랐다. 당신이 들은 말이 무엇이든 간에, 무엇을 보았건 간에 그것은 진실이 아니라고 해주길 염원했다. 하지만 미르가 뛰쳐나온 이후로 열흘이 지났음에도 휘지는 그녀를 찾아와주지 않았다. 얼굴 한 번 비춰주지 않았고, 풍문에 실은 하소연 한마디 실어 보내지 않았다. 그녀는 무릎에 얼굴을 처박고 훌쩍였다. 문혁이 했던 이야기가 그럼 다 진실이란 말인가. 미르는 어처구니가 없고 심장이 아려 며칠째 잠도 설쳤다.

"괜찮소? 그렇게 힘들면 나라도 가서 교학을 불러오겠

소. 그 친구가 그럴 친구가 아닌데. 어찌하여 코빼기도
비치지 않는단 말인가."

　도명이 죽 한 그릇을 가지고 와 미르의 앞에 내밀었다.
며칠째 잠도 자지 않고 먹을 것도 통 입에 대지 않아 야
윈 미르가 걱정되었다. 그는 죽을 한 수저 떠 그녀의 입
에 들이밀었다. 미르도 그가 신경 써주는 것이 고마워
달게 받아먹고 싶었으나 침 삼키기도 어려웠다. 세상 모
든 것이 귀찮고 허망하며 무의미해졌다. 숨을 쉬어서 무
엇하며, 밥을 먹어 무엇하겠는가. 세상 전부 같던 연심
은 거짓이었고 나락으로 떨어진 영혼은 연옥에 갇혀 식
음을 전폐하고 있는 것을. 영혼의 먹이는 인간의 마음이
다. 그런데 지금 미르는 제 자신이 인간이 아니라 고무
인형이 되어버려 마음이라고는 눈 씻고 찾아봐도 가지
고 있질 않았다. 그녀는 도명이 주는 죽을 받아먹었지만
이내 토해냈다. 도명은 미르가 측은하여 눈 뜨고 보고
있기가 힘들었다.

　"내가 가서 교학 그 친구 작살을 내주고 말겠소."

　앙상한 손가락이 도명의 주먹을 감싸 쥐었다. 미르가
천천히 고개를 가로저었다. 그래 봐야 무슨 소용이 있겠
는가. 그 사람이 돌아오는 것도 아닌 것을. 무의미한 감
정 소비에 불과했다. 미르는 그녀가 떠나고 바로 휘지

가 찾아와 해명한다면 못 이긴 척, 휘지가 하는 말을 믿어줄 의향이 있었다. 게다가 그의 말은 들으려고도 않고 너무 성급하게 나왔던 것을 후회했다. 그런데 지금 휘지는 무소식이라는 방편으로 그의 진심을 알리고 있었다. 그녀는 정휘지라는 사내에게 속고 있었다. 더불어 연수연에게도 조롱당하고 있었다. 둘은 선한 낯으로 그녀를 농락했다. 미르는 다시금 속에서 천불이 올라와 헛한 속을 연거푸 게워냈다.

"이러다 영 몸이 상하오. 그만하시오."

"스승, 사람의 마음이란 이리도 덧없는 것이었습니까? 엄마가 보고 싶어요. 엄마랑 아빠가 보고 싶어 죽을 것 같아요."

"낭자……."

"그 사내에게서 마지막으로 되찾아 온 것이 무엇인 줄 아십니까? 작고 볼품없는 부품 하나였습니다. 그 사람이 내내 숨기고 있던 제 것을 말이에요. 그런데 진정 찾아왔어야 했던 것이 무엇인지 아십니까? 그 사람에게 온전히 주었던 제 마음입니다. 저는 마음을 잃었어요. 전 영혼이 없는 빈껍데기란 말입니다. 스승, 저는 정말 어찌하면 좋을지 하나도 모르겠습니다."

"교학에게 낭자가 찾던 물건이 있었던 것은 사실이나,

성강의 말을 곧이곧대로 들을 것은 없소. 일단은 교학의
자초지종도 들어보아야 할 것이 아니오? 내가 교학에게
들러보고 오겠네."

　도명에게 비관적인 소리만 떠들어대던 미르였지만 실
은 도명이 휘지에게 들러 이야기를 나눠줬으면 했기에
더는 가타부타 말리지 않았다. 후두둑, 빗방울 떨어지는
소리가 요란하게 창가를 두드렸다. 그 소리에 도명과 미
르도 창밖을 내다보았다. 투명한 빗줄기가 하늘로부터
내려와 여름의 열기를 식혀주고 있었다. 쇄루우가 내리
는 것인가. 미르는 하늘이 우는 것인지 자신이 우는 것
인지 몰라 먹먹했다. 그녀는 빗줄기를 바라보며 휘지를
그리워했다. 도명은 미르를 다독인 후, 도롱이를 입고
휘지의 집으로 향했다.

　"교학, 자네 있는가?"

　"쥐성 나리 오셨습니까? 저희 도련님께서는 한명 나리
를 만나러 가셨습니다."

　"그런가? 한명이 아니라 수련꽃을 만나러 간 것은 아
니고?"

　도명의 말이 끝나기도 전에 봉구가 불같이 화를 내며
윽박을 질렀다. 도명은 봉구의 사나운 기세에 눌려 잠자
코 그가 성을 내는 것을 지켜보았다.

"무슨 말이 그렇습니까? 미르 아가씨께서 그리 말씀하시더이까? 아니, 우리 도련님께서 아가씨께 몹쓸 짓을 하신 것은 압니다. 예, 아가씨 떠나보낼 것이 무서워 숨겼습니다. 하지만 그렇다고 해서 아가씨께서 우리 도련님께 이래서는 안 되지요. 정말 도련님을 연모하셨다면 지금 아가씨께서 이리 나오시면 안 된단 말입니다."

"미르 낭자께서 성급하셨다는 것은 나도 안다네. 그렇다고 낭자가 교학에게 화를 내는 것이 안 될 일도 아니지. 진심으로 연모했기 때문에 배신감이 더 크고, 마음이 배배 꼬일 수밖에 없었을 것이야."

"그럼 우리 도련님 배신감은요? 취성께서는 마음껏 아가씨를 두둔하십시오. 저는 팔이 안으로 굽는다고 우리 도련님 불쌍한 것밖에 안 보입니다. 나는 차라리 우리 도련님께서 미르 아가씨가 아니라 수연 아가씨를 좋아하셨으면 합니다. 이런 식으로 도련님 가슴 찢어놓을 것을 알았다면 처음부터 말렸을 거라 이 말입니다. 헤어질 것, 가슴 아플 것 뻔히 알면서도 미르 아가씨 좋아하기로 작정했던 도련님 못난 마음을 이다지도 헤아리지 못하십니까?"

"그러니 교학께서는 수련화가 아니라 밥주머니를 좋아하는 것이 확실하다고?"

"더 말해 입 아프지요. 누구에게 그런 해괴한 말씀을 들으셨는진 몰라도 그 말 믿고 난장을 피우신 아가씨가 제일 원망스럽습니다. 부탁이니, 다시는 도련님께 접근하지 말라 전하십시오. 우리 도련님 지금 이 악물고 아가씨 보내드리려 하고 계십니다. 향수병이 심하여 마음고생하신다고 얼마나 염려하셨는데, 잘되었지요. 이제 그냥 돌아가시면 되니까요."

"원, 자네는 무슨 말을 그리 하는가. 낭자도 사랑에 눈이 멀어 지혜가 빛을 잃었던 것을. 그렇지, 교학이 그럴 친구가 아니지. 오해가 있었다면 풀면 될 것을. 자네가 더 성이 났구먼."

"나리, 그만하십시오. 이 선에서 정리하는 것이 맞습니다. 눈에서 멀어지면 마음에서 멀어진다고 아가씨께서 제 고향으로 돌아가셔야 우리 도련님 냉가슴 앓는 것도 끝납니다. 저는 이편이 나을 것이라 생각됩니다."

봉구의 간곡한 이야기에 도명은 이 사내를 설득해봤자 아무 소용이 없을 것임을 직감하였다. 도명 역시 미르가 언젠간 떠날 것이라는 것을 알았다. 그런 날이 온다면 마음속 어딘가가 허하게 구멍이 날 것이었다. 휘지와 싸우고 돌아온 그날 밤, 미르는 밤새 눈물을 쥐어짜기도 하고, 씩씩대기도 하며 우주선을 고쳤다. 성난 마음에 부모님에게 구조 신청까지 보냈다는 말을 하는 미르를 보면 그 역시 속이 일그러져 메슥거려왔다. 낭자가 떠난다는 사실이 현실로 다가오고 있었다. 말려줄 사내도 없다면 정말로 눈앞에서 사라져 버릴 터인데. 봉구의 마음도, 휘지의 망설임도, 미르의 아둔함도 그리고 자신의 선득함도 모두 이해할 수 있었다.

4.

가파른 협곡과 몇 개의 커다란 물줄기를 지나치자 횃불이 밝혀진 거대한 동굴이 수풀에 단단히 가려져 음밀하게 숨어 있는 것을 볼 수 있었다. 갓 챙에 검게 물들인 천을 두른 사내가 저벅저벅 수풀을 걷어내 동굴 안으로 들어갔다. 물방울과 긴 시간이 만들어낸 웅장하고 거대한 동굴의 내부가 불빛을 받아 번들거렸다. 수십의 사내들이 하나같이 동일한 검은 머리띠에 검은 복색을 하고 손에는 다듬이 방망이만 한 몽둥이를 들고 있었다. 몽둥이에는 예의 오싹한 구렁이가 똬리를 틀고 있었다. 사내가 동굴 안으로 들어선 것을 보고 수십의 사내들이 군기 잡힌 목소리로 열과 줄을 맞춰 재빠르게 대열을 다졌다.

저만치 탄탄한 쇠창살 안에서도 사내의 방문을 환영하는지 검은 개새끼들이 열렬하게 날뛰어댔다. 보호구로 단단하게 주둥이가 틀어막힌 개들은 짖지는 못하고 꼬리를 흔들며 발을 굴렀다. 황소, 호랑이만 한 것들이 애교도 부릴 줄 알았다. 사내는 개와 줄지어 선 대열을 관망하였다.

"작은 두령 오셨습니까?"

쉬어 꼬부라진 목소리가 이빨을 뚫고 새어나와 사내의 귓가를 할퀴었다. 사내는 싸늘하게 식은 눈초리로 소리의 주인을 바라보았다. 소리의 주인공도 무미건조하고 기계적인 어투로 말을 이었다.

"두령께서 기다리고 계셨습니다. 안으로 드시지요."

작은 두령이라 불리는 사내가 두령이 있는 곳으로 이동하자 대열을 이루었던 사내들이 일사불란하게 전투 훈련에 돌입하였다. 사내들의 기합 소리가 동굴을 울렸으나 나무와 계곡의 물소리에 파묻혀 멀리 도망가지는 못하였다. 작은 두령은 소리의 주인을 따라 꼬불꼬불하게 이어진 동굴의 깊숙한 내부로 이동하였다. 가는 내내 작은 두령의 주먹은 불끈 쥐어져 있었다. 그를 번민하게 했던 모든 것들에 초연하게 되었는지 사내의 눈동자는 망설임도 흔들림도 없이 냉정하게 식어 있었다. 한참을 걸어가던 그들의 앞에 검은 휘장이 드리워졌고, 그 너머에 두령이 정좌하고 있었다.

"왔느냐?"

굵고 낮은, 그러면서도 연륜이 묻은 진한 목소리가 휘장을 넘어 들려왔다. 소리의 주인은 휘장의 곁으로 가셨고, 작은 두령은 두령의 정면을 향해 가부좌를 틀고 앉았다. 지금껏 보여준 적이 없던 배짱과 확고함에 두령은 작은 두령을 바라보며 껄껄 웃기 시작하였다. 작은 두령이 검은 휘장을 불태워버릴 정도의 기세로 응시해오자 두령은 웃음을 거두었다.

"무슨 일이 있었느냐?"

"무언가를 얻기 위한 노력이 얼마나 허망한 것인지 알게 되었습니다."

"어째서냐?"

"무언가를 얻는다는 결과가 중요하지 그 과정은 아무짝에 쓸모가 없는 것이기 때문입니다."

"그것은 또 어째서냐?"

"무언가를 얻기 위한 방법은 한 가지가 아니기 때문입니다."

"그 방법이 몇 가지인데?"

"무언가를 얻는 방법은 그것을 온전히 얻는 방법 한

가지와 그것을 망가뜨려서라도 얻는 두 가지 방법이 있을 뿐입니다."

"그래서…… 너는 어떻게 얻으려 하느냐?"

"온전히 가질 수 없는 것이라면 부수고 산산조각내어서라도 얻고자 합니다."

두령이 잠시 침묵하더니 작은 두령의 눈을 바라보며 다시 한 번 호탕하게 웃어 보였다. 소리의 주인 역시 흐뭇한 표정으로 작은 두령을 바라보았다.

"그렇다면 철저히 부술 각오가 선 것이냐?"

"그렇습니다, 아버님."

작은 두령이 벌떡 일어나 거침없이 휘장을 향해 다가갔다. 이내 그는 두 손으로 휘장을 걷어 올려 안쪽에 앉아 있는 제 아버지를 바라보았다. 교활함이 농후하게 묻어나는 주름진 눈가가 초승달처럼 휘어 있었다.

"일전부터 수도 없이 나는 도호부사를 치고자 하였다. 이 작은 고을, 사람들 입막음하는 것이야 무엇이 어렵겠느냐? 도호부사가 휠 수 없는 자라면 꺾고 짓밟아버리면 되는 것을. 허나 네가 자꾸 한낱 여인네 때문에 이 아비의 뜻을 거스르고, 극구 말렸기 때문에 시간 낭비만 하고 어설프게 꼬리를 들키지 않았느냐?"

"이제 더 이상 그럴 일은 없을 것입니다. 배려를 감사히 여기지 못하는 여인네는 혹독히 대가를 치러봐야 합니다. 아버님의 명이 아니더라도 저는 연씨 가문을 가만히 놔둘 생각이 사라졌습니다."

"수련화 고년이 아비의 한마디보다도 값진 교훈을 준 모양이구나."

"더는 미련하게 망설이지 않습니다. 그년을 제 앞에 무릎 꿇리고 그 앞에서 그년의 아비와 오라비의 목을 잘라버릴 것입니다."

"그렇지, 원래 계집이란 것들은 입과 마음이 새털처럼 가벼워 그냥 놔두면 시끄럽게 쟁알거릴 뿐이다. 본보기를 보여주어 사내를 경외하고 받들어 모실 줄 알게 해야 하지."

"지금부터는 무엇이든 아버님께서, 아니 두령께서 내리는 명을 받들 것입니다."

두령이라 불리는 자는 만면의 웃음을 드리우며 흡족하여 자리에서 일어섰다. 곁을 지키던 사내가 그의 어깨에 구렁이 문양이 새겨진 검은 갑주를 입혀주었다. 두령은 대열이 서 있던 동굴 입구 쪽으로 거슬러 올라갔다. 그 뒤를 두 사내가 따랐다.

"두령께서 나오신다. 예를 갖추어라!"

소리의 주인이 동굴이 떠나가라 고함을 질렀다. 쉭쉭

바람 빠지는 목소리는 함흥아재의 것이었다. 횃불을 받아 더욱 부리부리하고 존외해진 두령을, 무장한 장정들은 오금이 저려 제대로 쳐다보지 못했다. 두령이 턱짓으로 무언가를 가져오라 지시를 내리자 천으로 곱게 덮여 있던 소반을 함흥아재가 들고 왔다. 흰 천은 불그스름한 것이 불길했다. 두령은 물건이 담긴 소반을 작은 두령에게 건네곤 중앙에서 비켜섰다. 심호흡을 한 작은 두령은 두령이 내어준 중앙 자리에 서서 절도 있는 동작으로 흰 천을 걷어냈다. 소반을 가득 채운 것은 잘려나간 사람의 손가락이었다. 대열이 술렁이자 함흥아재가 소란을 잠재웠다. 작은 두령이 입을 열었다.

"나 김문혁은 흑사회의 작은 두령으로써 오늘 우리의 목적이 한자리에 모였음을 알린다! 여기 수십 개의 손가락들은 신뢰와 믿음을 배반한 자들의 최후이다. 그대들 역시 눈앞에서 변절자들이 어떻게 개밥이 되었는지를 보았을 것이다. 우리의 검은 사자들은 저승의 길잡이들이며 믿음의 상징이다. 이제 우리의 적을 향해 지옥의 채찍질을 가할 때가 왔다. 다섯 해 전, 모든 것을 잃고 뿔뿔이 흩어져 죽을 일만 남았던 자네들과 자네들 식솔들에게 살길을 열어주신 분이 누구이신가! 바로 여기 계신 나의 아버지이자 그대들의 두령이신 김 좌수 대감이시다. 오래전부터 두령께서는 고분고분히 명을 따르지 않던 도호부사를 탐탁지 않게 여겨오셨다. 그는 두령께서 하고자 하는 일들을 틈만 나면 방해하였고, 탐욕에 눈이 멀어 모든 공을 가로챘다. 또한 이로 인해 그와 그 아들의 방종은 하늘을 찌르고, 그 딸년의 콧대가 하늘의 천궁을 넘보니 오늘 우리는 이 자리에서 목숨을 바쳐서라도 두령의 기대에 부응하여 그들에게 복수할 것을 선포하는 바이다."

사내들이 몽둥이를 든 손을 올려 함성을 질렀다. 복수의 열기가 동굴 안을 가득 메웠다. 재갈이 풀린 개들이 화답이라도 하듯 포효했다. 김 좌수는 뿌듯한 눈빛으로 동굴의 축제를 바라보았다.

*

김 좌수는 4, 5년 전의 그날을 회고하였다. 전란이 끝난, 변변찮은 고향으로 돌아와 다시 터를 잡아갈 때였다. 어디서 흘러들었는지, 양양과 한양을 이어주는 중요한 길목인 오색령에 흑사회라는 도적단이 터를 잡고 있던 탓에 살기는 더욱 빠듯하였다. 왜란이 끝난 이후였기에 살기 힘들기는 전쟁 전보다도 더하였는데, 중간에서

도적질과 노략질이 벌어져 물자의 유통마저 막히니 숨도 쉴 수 없는 노릇이었다. 그는 흑사회라는 이름을 들으면 자다가도 이를 부득부득 갈아댔다. 매일매일 저주를 퍼붓고 그들을 몰아낼 수 있기를 빌고 또 빌었다. 수탈을 하려 해도 어느 정도 빨아먹을 것이 있어야 할 것이 아닌가. 빨아먹을 사람들은 한정되어 있는데 흑사회마저 빨대를 꽂고 버티니 좌수는 제 수중에 들어오는 재물의 양이 줄어들어 속이 터질 지경이었다. 도적단으로 골머리를 앓는 김 좌수의 패악으로 양양 고을 사람들은 죽 한 그릇 먹기도 편치 않게 되었다.

그러던 와중에 고을로 부임한 신임 도호부사가 지금의 연 대감이었다. 하늘에서 내려준 동아줄이라도 되는 양 도호부사는 전직 장수답게 척척 도적 토벌 작전을 추진하여나갔다. 그런데 예상외의 상황이 벌어졌으니 도호부사가 유지들의 비리를 파헤쳐나가기 시작했던 것이다. 얌전히 허수아비 노릇을 시킬 도호부사를 기다리고 있었건만 그는 호락호락한 자가 아니었다. 김 좌수는 울며 겨자 먹기로 도호부사의 곁에 붙어 도적을 일망타진해나갔고, 두 달 동안의 치열한 공방 끝에 흑사회의 두령을 잡아 모가지를 칠 수 있었다.

그는 기쁘기 한량없었다. 흑사회가 사라졌으니 물자의

회전도 빠르게 돌아갈 것이고, 그러면 양양 고을의 경제도 조금은 나아질 것이 분명하였다. 그리고 그 긍정적인 순환의 끝에서 좌수 역시 제 배를 불릴 수 있을 터였다. 더불어 오랜 고름이던 도적 떼를 토벌하였으니 공을 치사하는 의미에서 중앙으로부터 관직이나 하사품이 내려올지도 몰랐다. 그는 부푼 가슴을 안고 한참을 기다렸다.

하지만 모든 것은 그의 착각이었다. 그에게 돌아온 것은 도와줘서 고마웠다는 도호부사의 감사 인사 한마디뿐이었다. 모든 공은 도호부사 홀로 차지했고, 심지어 유지들에 대한 감시의 올가미도 점점 더 옥죄어갔다. 결국 그에겐 쪽정이만 남았다. 좌수는 설렜던 마음도 잠시, 울화가 치밀어 집구석에 앉아 있을 수 없었다. 마뜩찮게 할 것도 없었으니 그는 산으로 계곡으로 사냥을 나가기 시작했다. 거기서 그의 운명을 바꿀 새로운 기회를 얻게 되었다.

몰이가 한창인 순간, 사냥개들이 요란하게도 짖어댔다. 괴이하게 여겨 소리 난 쪽으로 들이닥치니 수풀 속에 스무 명 남짓, 살아남은 흑사회의 잔당들이 꾀죄죄한 꼴로 나타났다. 두령의 죽음으로 모든 전의를 상실하고 겁에 질린 그들을 제 밑으로 포섭하는 것은 어려운 일도 아니었다. 김 좌수는 그들에게 충분한 음식과 쉴 곳을 제공함으로써 허기진 그들의 충성심을 얻었다. 언젠가 세력이 불어나게 되면 좌수는 도호부사를 요절낼 생각이었다. 흑사회의 재림은 그렇게 시작되었다.

좌수는 연 도호부사에게 복수한 후, 허수아비로 세워두고 마음껏 조종하여 부릴 수 있을 신임 도호부사를 맞이하기 위해 밤마다 사병을 기르고 세력을 불려나갔다. 헌데 어느 정도 힘이 생기고 고을을 장악하게 되었을 즈음 생각지도 못한 문제가 발생하였다. 바로 멍청한 제 아들놈이 도호부사의 여식에게 마음을 빼앗겨 몇 번이고 자신의 거사를 그르치게 했기 때문이다. 이제야 문혁도 정신을 차렸다. 그깟 계집의 마음이야 제 애비 시신 앞에서 함께 거두면 그만인 것을. 이젠 허비한 시간을 만회할 순간이었다. 좌수는 모든 일이 제 계획대로 진행되는 것이 만족스러워 소리 죽여 웃었다.

"무뎌졌던 칼날을 갈고, 헐거워진 의복을 몸에 맞게 졸라매라. 무엇보다 승리를 갈구하는 마음을 잃지 말고 복수의 시간을 고대하라. 우리 흑사회의 부흥이 곧 도래할 것이다. 지난날의 케케묵은 원한과 관습은 잊고 오직 가슴속에 끓어오르는 두령을 향한 충성과 현 도호부사에 대한 증오심만을 불태우라!"

문혁은 무엇에 홀렸는지, 광신도처럼 중얼중얼 외쳐댔

다. 돌연, 표정이 비열하게 바뀐 문혁이 대열의 사내들을 하나씩 자세히 살펴보며 경고를 하기 시작했다.

"이 숭고한 대열에 섞인 더러운 쥐새끼들은 지금이라도 정신을 차리고 노선을 갈아타는 것이 좋을 것이다. 나는 도호부사가 멍청한 자라고 생각지 않는다. 어쩌면 이 안에도 이미 그 천한 종자들이 침투해 있을지도 모르지. 그렇다면 듣거라. 너희들에게 남은 것은 처절한 죽음밖에 없다. 들키거나 배신하는 자는 검둥이의 밥이 될 것이다. 마지막으로 두령께서 너희에게 자비를 베푸노니 어서 충성을 맹세하라. 또한 돌아가 너희 멍청한 졸개들에게도 깊은 가르침을 전하거라."

서로를 두리번거리던 사내들이 우하하 호탕하게 웃으며 문혁에게 환호했다. 여기저기서 작은 두령의 기개와 포부에 혀를 내둘렀다며 칭찬 일색이었다. 문혁은 우쭐하여 다음 말을 이었다.

"우리의 공격은 8월 24일 축시에 시작될 것이다. 우선 여기로 집결하여 군세를 정비하고 도호부사가 있는 관아로 야습을 감행할 것이다. 25일 진시까지 관군들을 몰아내고 양양 고을을 탈취하는 것이 우리의 목표다. 두려워 말고 걱정 마라. 우리는 할 수 있다. 두려움에 질린 고을 민초들은 끽소리도 못 내고 밤새 공포에 떨며 아침을 맞을 것이다. 여명이 빛남과 동시에 도호부사와 그 졸개들의 목을 효시하자. 모두에게 경외를 심어주는 것이다! 물러터진 관군과 이빨 빠진 사내들은 우리를 결코 이길 수 없을 것이다."

문혁의 선창에 따라 장정들도 전의를 불태우며 후창을 질렀다. 문혁은 조용히 생각에 잠긴 아버지를 바라보았다. 이윽고 김 좌수는 교만하고 의기양양한 얼굴로 비밀 통로를 따라 집으로 돌아갈 차비를 하였다. 침을 튀기며 소리를 지르던 문혁도 아비의 뒤를 따라 동굴을 빠져나왔다. 그는 앞서가는 김 좌수의 발걸음을 붙잡아 동굴 앞에 세워둔 채 말을 꺼냈다.

"저는 고을의 불순분자 역시 처리하고 싶습니다."

"교학을 이르는가?"

"그렇습니다. 그자 역시 도호부사를 도와 우리를 칠 것입니다. 허나 만에 하나라도 집 안에서 방관하고 있다 하더라도 그자의 목숨은 반드시 거둘 것입니다."

"네 치졸한 연정의 복수더냐? 교학 그자의 아비가 한양의 세도가라 들었다. 성상의 사부였다지? 그런 자를 네가 건드릴 수나 있겠느냐? 괜히 긁어 부스럼 만들지 말거라."

"제 못난 연정도 한 가지 이유이나 그것만이 아닙니

다. 그자를 죽일 명분은 얼마든지 있지요. 그 요망한 년, 그년의 능력은 아버님께서도 알지 않으십니까? 그년의 정인이 바로 교학이지요, 교학을 죽이든, 잡아 고문을 하든 그놈 명줄을 쥐고 있으면 그년 움직이는 것이야 식은 죽 먹기가 아니겠습니까? 아버님 원하시는 대로 그 천한 년을 이용하실 수 있을 것입니다."

"그런가. 그건 꽤 인상적이구나. 네 뜻이 정녕 그렇다면 뒤탈 생기지 않도록 그 요망한 년부터 잡아놓거라. 서로가 서로에게 짐이 될 것이다. 그리고 정 교학을 죽이고 싶다면 맘대로 하거라. 아비가 세도가라 할지라도 어차피 귀양 온 죄인일 뿐, 네 욕심껏 해보거라. 대신 잘 처리해야 할 것이다."

"명심하겠습니다."

말을 마친 문혁의 눈동자에 광기가 서려 있었다.

*

"김 좌수 댁에서 움직임이 포착되었다고 합니다. 심어 놓았던 우리 쪽 아이 몇 명이 전갈을 보내왔습니다. 일전에 발견하신 좌수 댁 뒤뜰에 위치한 창고 통로는 그 댁 뒷산으로 연결되어 있다고 합니다. 아이들이 미행에 따라붙었으니 곧 소식이 전해질 것이옵니다. 또한 시전에 심어놓은 아이들의 말에 따르면 흑사회가 모월 모일에 관아로 쳐들어올 것이라고 합니다. 이밖에도 출처가 불분명한 소문들이 떠돌고 있는데 도박장에서 흘러들어오고 있는 모양입니다."

관아의 분위기가 수선해졌고, 관군들은 몇 해 전의 싸움을 상기하며 그간 녹이 슨 관절에 기름칠을 하기 시작했다. 그들은 언제 들이닥칠지 모르는 적을 상대로 전투 태세를 풀지 않았다. 수하와 휘지도 정청에 둘러앉아 살벌하게 돌아가는 분위기를 살폈다.

"교학, 진짜 무슨 일이 벌어지긴 벌어질 모양이네."

"좌수께서 일을 꾸미는 것은 명확해졌습니다. 내내 마음에 걸렸던 의문들도 이제는 풀리는 것 같고요."

"그게 무엇인가?"

"흑사회가 실제로 존재하는지, 아니면 눈속임 용도인지는 몰라도 분명한 것은 좌수가 산속에서 사병과 검둥이를 숨겨 육성하고 있단 점입니다. 성강께서 미르 소저가 하늘에서 내려오시던 날, 자신도 그 근처에서 저를 보았다 말했답니다. 성강이 그 늦은 시간에 그 깊은 산속에 계실 분이 아니지 않습니까? 게다가 저는 산속 그 어디서도 초롱불을 보지 못했습니다. 헌데 어떻게 어둠 속에서 산을 탈 수가 있단 말입니까? 내내 성강께서 그 시간에 왜 산속에 있었을까 고민해보았는데 좌수를 도와 은신처를 오갔기 때문인 것이지요. 그분은 이미 고도로 발달된 밤눈과 함께 산의 지리를 훤히 꿰고 있을 것입니다. 또한 귀형께서 다치신 날, 기억하십니까? 그날 저는 소저와 축제 구경을 하고 있다가 봉구가 뛰어오는 바람에 형님의 소식을 알 수 있었습니다. 헌데 봉구가 하는 말이 성강께서 형님이 다치셨으니 급히 방문하라 했답니다. 그때는 경황이 없어 생각지 못하였는데 축제 때문에 누구도 관아에 무슨 일이 벌어졌는지를 알 수 없는 상황이었습니다. 취성께서도 기별을 넣은 적이 없다 하셨는데 그분은 어찌 귀형께서 다치셨단 것을 알았을까요?"

수하의 눈이 비상하게 번득였다. 자신이 공격당할 때 성강이 곁에 있었단 말인가? 그래, 흑혜를 신은 자가 한 사람 있었지. 수하의 머릿속에도 흩어졌던 그림들이 맞추어지고 있었다.

"그는 그날 밤, 다친 내 곁에 있었던 걸세. 이제야 떠오르는구먼. 사내가 둘 있었는데 한 놈은 함흥아재였을 테고, 나머지가 성강이었던 거군. 역시 좌수가 검둥이를 키우고 있었단 말인가? 그것을 성강이 조종하고! 하, 기가 차는구먼. 벗이라 여겨 끝까지 믿어보려 하였는데 이리 뒤통수를 맞다니……. 고을에 그들이 쳐들어올 것이란 흉흉한 소문이 나돌더군. 대체 무슨 속셈이란 말인가."

"속셈은 좌수를 추궁해보아야 정확히 알 수 있는 것이나 대충 어림짐작해보아도 도호부사와 그는 상성이 맞지 않는 사람들이 아니었습니까. 마음 놓고 수탈을 하고픈데 영감께서 지켜보고 있는 통에 열 개를 뺏을 수 있을 것을 하나밖에 못 빼앗았을 테니 얼마나 화가 났겠습니까."

"큰 집이 천 칸이나 되어도 밤에 여덟 자에 눕고, 좋은 밭이 만 이랑이라고 하여도 하루 두 되를 먹는다고 하였네. 사람이 그리도 탐욕스러울 수가 있단 말인가?"

휘지는 대답이 없었다. 물욕이라는 것이 없는 인간이 있겠느냐마는 만족의 정도는 사람마다 다른 것이었다. 그들의 상식으로 좌수를 이해하기에는 역부족이었다. 잠시 둘 사이에 막연한 침묵이 감돌았다. 수하는 휘지의 눈치를 살피며 말을 걸었다.

"진정 미르 소저를 붙잡지 않아도 되겠는가? 오해……는 풀어야 하지 않겠나."

"부인과 누이동생 염려하시기에도 바쁘신 분이 저까지 챙겨주시는 것입니까? 염려 마시지요."

"자네가 답답히 구니 하는 소리가 아니겠는가? 이렇게 될 줄 알았으이."

답답한 마음에 화기가 오른 수하는 더 있다간 성을 낼 것 같아 정청의 문을 열고 관아의 앞마당을 바라보며 한숨을 내쉬었다. 하지만 지금 누구를 걱정할 때란 말인가. 정말 무슨 일이 일어나긴 한단 말인가. 예희와 수연을 어디로 피신 보내야 할까. 언제 기습 공격이 들어올지 모르니 한시라도 바삐 다른 곳으로 옮겨야 할 것이다. 그는 내아로 들어가는 입구를 바라보며 다시 땅이 꺼져라 한숨을 쉬었다.

휘지는 의자에 앉아 창을 통해 드리워진 그림자를 바라보았다. 사람의 그림자가 창살에 얼룩졌다. 차라리 잘되었다. 이리 위험한 시기에 미르는 제 고향으로 돌아갈 수 있을 것이다. 앞으로 그를 기다릴 싸움은 끝을 알 수 없었다. 상대의 목적도, 규모도 명확히 파악되지 않았다. 그런 위험은 자신만 감수하면 된다. 자신만 다치면 되었고, 자신만 더러워지면 되었다. 그녀는 아무 미련도 미안함도 없이 떠날 수 있을 것이다. 새가 떠날까 새장에 걸쇠를 걸고 열어주지 않았으나, 이제 걸쇠는 땅에 떨어졌고 새는 날 수 있다. 미르는 날아갈 것이다. 처음 본 그날처럼, 훤한 빛 속으로 사라질 것이다. 그는 그녀를 보내줘야 했고, 지금이 그때였다.

＊

"부인은 수연을 데리고 며칠 친정 나들이를 다녀오시오. 오랫동안 부모님과 형제들을 만나지 못하였으니 회포를 푸는 것이 좋지 않겠소. 가는 김에 우리 수연이도 데리고 가면 좋겠고. 푹 쉬다 와도 되니 집에서 사람을 보낼 때까지 돌아오지 마시오."

뜬금없이 별당으로 들어와 친정 나들이를 떠나라는 수하의 말에 예희는 비장한 미소를 지어 보였다. 어느새 시아버지인 연 대감도 들어와 딸과 며느리의 짐을 싸도록 명하였다. 예희와 수연은 그런 사내들을 웃는 낯으로 바라보며 다소곳하게 절을 하였다. 갑작스러운 절에 어리둥절해진 남자들을 향해 예희가 작지만 똑똑하게 말을 이어나가며 품에 있던 은장도를 방바닥에 꺼냈다.

"연씨 가문에 시집온 이상 죽는 한이 있더라도 연씨 가문의 며느리로서 명예롭게 뼈를 묻을 것입니다. 집안에 무슨 일이 생긴다면 끝까지 지아비와 시부모의 곁을 지킬 것이며 어떠한 치욕도 겪지 않고 목숨을 끊을 각오가 되어 있습니다."

"오라버니, 아버지, 아직 저는 시집을 가지 않았으니 이 집의 자손이자, 이 집의 귀신이 될 자격이 있습니다.

집안에 위기가 닥쳤다면 결코 물러서거나 도망치지 않고 맞서는 것이 가문의 정신이라 배웠습니다. 계집이라하나 그 의지 받들 것입니다."

수하도, 연 대감도 더 무슨 말을 할 수 있었겠는가. 넷은 부둥켜안고 한동안 울었다.

*

봉구는 휘지의 명령을 받고 관아로 도명을 데려왔다. 수상하게 돌아가는 고을 분위기와 흉흉한 소문에 걱정이 되긴 도명 역시 마찬가지였다. 그는 드디어 정휘지낯짝 한번 볼 수 있게 되었다며 벼르고 있었지만 겉으로는 못이기는 척 봉구를 따랐다. 그가 관아 문을 들어서자 휘지가 밝은 미소로 안내하였다. 더운데 예까지 잘오셨다며 휘지가 냉수를 한 사발 퍼다주었다. 벌컥벌컥단숨에 들이켠 도명은 휘지를 바라보았다. 단정한 눈 코입이 도명을 향했다.

"고을이 온통 술렁이네. 무슨 일이 벌어지고 있는 것인가?"

"소저는 잘 지내고 계십니까?"

"왜 안 물어보나 했네. 마을이 흉흉하니 정인 생각이

끔찍이도 났을 게지. 좀 더 빨리 안부를 물어봤어야 하지 않나? 소저는 지금 단단히 뿔이 났단 말일세."

"소저는 별을 다 고치셨습니까?"

"교학…… 자네 진정 소저를 보낼 작정인가? 그런 것은 어찌 물어본단 말이야! 게다가 별이 아니라 우주선이네. 아무튼 교학도 여전히 소저를 아끼고 있지 않은가. 정말 보낼 수 있을 거라 생각하나? 보내고 난 이후의 적적함은 참을 수 있겠어?"

"소저가 떠나간 이후에 제게 찾아올 적적함과 고통 또한 제게는 소중할 것입니다. 어쩌면 아프면 아플수록 좋겠지요. 그녀가 제 곁에 잠시라도 머물렀다는 사실을 절대 잊을 수 없도록 말이지요. 취성, 저는 이미 소저를 떠나보내기로 마음을 굳혔습니다. 그러니 소저께서 우주선을 고치셨는지 아닌지만 알려주십시오. 만일 고치지 못하셨다면 고치는 데 얼마나 걸리겠습니까?"

"허허, 자네도 참말로 이상한 사내로구먼. 후, 아직 다 고치진 못하였네. 허나 부모님께 자신의 위치를 알리고자 봉화를 피웠다고 하더군."

"봉화를…… 피웠다고요?"

"뭐 통……신 요청 어쩌고 하더군. 이제 만족하시는가? 정녕 괜찮겠어?"

"저는…… 괜찮을 것입니다. 다행이군요. 소저께서 떠나실 준비가 되어가고 있다니. 정말, 다행입니다. 그나저나 취성께서도 몸을 피하실 곳이 있다면 피하시는 것이 좋겠습니다."

"정말 자네가 이리 서두를 만큼 고을 상황이 안 좋은 것인가?"

"좋지 않게 흘러갈 것 같습니다. 그러니 소저께서도 떠나는 편이 좋을 테고, 취성께서도 스스로의 안위를 돌보셔야 합니다."

"허…… 이 답답한 친구야. 이대로 소저를 보내면 다시는 만날 수 없을지도 몰라. 진정 그래도 괜찮겠는가. 나는 자네와 낭자, 둘 다 바라보기만 해도 진이 빠지네."

"언제나 우리 밥낭을 신경 써주셔서 얼마나 감사했는지 모릅니다. 송구하지만 소저 떠나는 그 순간까지 잘 보살펴주십시오. 저는 이제부턴 한명 형님을 도와 관아에 기거할 생각입니다. 이것이 제 삶의 몫인가 봅니다."

"그 웃는 낯 치우시게. 기쁘지도 않으면서 누가 그리 실실 웃으라 했는가. 나 원, 소저는 걱정 마시게. 그대가 자잘하게 말하지 않아도 소저는 내게 있어서도 소중한 벗이자 제자일세. 그리고 소저가 떠나는 대로 나 역시 자네와 한명을 도울 걸세. 나 또한 고을의 일원이니 도울 수 있는 데까지 돕겠네."

"예, 귀형께서 그렇게까지 말씀하신다면 명심하지요. 나중에 뵙도록 하겠습니다. 그럼 다시 한 번 소저를 부탁드립니다. 저는 이만 안으로 들어갈 테니 취성께서도 댁으로 돌아가십시오."

휘지는 말을 마치곤 쓸쓸히 웃으며 정청으로 도망치듯 들어가버렸다. 도명은 그 뒷모습을 바라보다 뒤통수를 긁적이며 관아를 벗어났다.

5.

1609년 8월 24일 유시, 도명의 집.

"미……야, …… 야."

치지직. 스피커를 통해 잡음이 흘러나왔다. 완성되지 못한 문장들이 절절하게 전해졌고, 소리는 1, 2분 상간으로 끊어졌다 이어지기를 반복했다. 전날 밤, 하늘의 은하수 사이를 헤집어보며 눈물짓다 잠이 들었던 미르도 소리를 듣고 살며시 눈을 떴다. 그녀는 꿈결에 잘못 들은 소리인 줄 알고 다시 눈꺼풀을 감았다.

"치지직, 미…… 미……르야."

잡음은 명확한 단어로 완성되었고 미르는 번쩍 정신이 들었다. 그녀는 기는 걸음으로 스피커 쪽으로 다가가 기계를 툭툭 쳤다. 잡음이 많이 사그라지고 선명하진 않더라도 깔끔한 소리가 잡혔다. 미르는 떨리는 손으로 몇 달 만에 듣게 된 어머니의 음성을 어림잡아보았다. 너무 오랜만이라 귀에 설긴 하여도 분명 따스한 어머니의 목소리 그 자체였다. 미르는 감정이 북받치는 것을 참고 입을 뗐다.

"엄마, 어…… 엄마!"

침묵으로 인해 잠시 뜸을 들이던 반대쪽에서 환성에 가까운 소리들이 전해졌다.

"오, 미…… 야, …… 르야! 내 따…… ㄹ. …… 디에…… 이…… 거야?"

"엄마, 무슨 말인지 못 알아듣겠어요. 엄마 나 여기 있어. 엄마 보고 싶어요. 엄마 나 보고 싶어. 엄마."

미르는 자신의 입을 뚫고 나오는 엄마라는 단어가 너무 생소하게 느껴져 익숙해질 때까지 끊임없이 외쳐댔다. 얼마 만에 불러보는 단어인가. 언제 어디서건 잊을 수 없는 그런 단어가 아닌가. 엄마의 얼굴 윤곽은 떠오르나 눈 코 입이 그려지지 않았다. 그러나 온기 가득한 목소리에 더 이상의 것은 필요 없었다. 생김이 떠오르지 않으면 어떠랴. 머릿결을 빗겨주던 부들한 손길과 아침마다 부엌에서 콧노래를 흥얼거리며 식사를 준비하던 뒷모습이라든가. 그리워 마지않던 것들이 생명을 얻고 되살아나는 것을. 미르는 감격하여 수도 없이 '엄마'라는 단어를 되새김질하였다.

"엄마, 여기 한국은 맞는데 시간대가 틀려요. 자기장 폭풍에 휘말려서 설정에 오류가 생겼어요. 여기는 1609년 8월 24일, 조선 강원도 양양이에요. 엄마, 내 말 들었으면 대답해줘요. 나를 데리러 오겠다고 약속해요, 엄마!"

"아……가, 어…… 가 금방…… 게, 기다…… 엄마…… 그리로…… 게. 딸…… 랑해."

나도 사랑해요, 엄마. 그녀는 계속 듣고 싶었다. 보고 싶고 만나고 싶었다. 치지직 잡음이 다시 시작됐고 소리가 느슨하게 끊겼다. 미르는 당황하여 손으로 스피커를 연거푸 때렸다. 이윽고 소리는 완전히 멎었다. 미르는 다급한 마음에 스피커를 옆구리에 차고 당혜를 우겨 신었다. 그녀는 스피커를 높이 치켜들고 주파수를 잡기 위해 애를 썼다. 그러나 들리질 않았다. 잡음만 더 심해졌다. 미르는 미친 여자처럼 스피커를 머리 위로 번쩍 들어 높은 곳을 찾아 이동했다.

1609년 8월 24일 유시 삼각, 휘지의 집.

"봉구야, 너 혹시 미르 낭자를 보았느냐?"

마당을 쓸고 있던 봉구가 불청객 보듯 도명을 바라보며 통명스럽게 대답했다.

"그 아가씨께서 우리 집에 왜 있겠습니까? 나가신 이래로 들어오신 적이 없으니 예서 그분 찾지 마시지요."

"그랬군. 낭자가 보이지 않길래 혹시라도 여기에 왔을까 싶어 찾아왔단다. 어디 돌아다닐 기력도 없는 아가씨가 대체 어디를 갔단 말인가. 도통 보이질 않아."

"아가씨 가실 곳이야 많지 않겠습니까? 방아깨비처럼 여기저기 돌아다니시던데 산으로든 강으로든 마실 가셨겠지요."

"그럴 상황이 아니란 말일세. 봉구 네가 낭자를 원망하는 마음도 이해는 하지만 낭자 역시 상심이 컸다. 며칠 물도 못 마시고 잠도 설치는 바람에 홀쭉해졌단 말이다. 바람 쐬러 갔다 쓰러지지 않았으면 다행이겠구나. 혹시라도 여기로 낭자가 온다면 쫓아내지 말고 나를 불러라. 내가 데려갈 테니."

"예, 연통 넣어드리겠습니다요. 하지만 아마 아가씨는 여기로 오시진 않을 거외다."

"알았다, 알았어. 나는 그럼 낭자 찾으러 장터 쪽으로 가보아야겠다."

　도명이 나가고 난 이후, 봉구도 마음이 착잡하여 일이 손에 잡히지 않았다. 아프다는 아가씨가 어딜 싸돌아다닌단 말인가. 가만히 살펴보면 정말이지 이 사람 저 사람 속 썩이는 데에는 일가견이 있는 아가씨였다. 봉구는 싱숭생숭하고 심란하기도 하여 차라리 미르를 찾아 나서기로 자처하였다. 그 성미에, 그리 화를 내고 나갔으니 절대 이리로 돌아올 리는 없지. 사립문을 벗어난 봉구가 동네 어린아이들과 마주쳤다.

　"아, 마침 잘 만났다. 너희들 미르 아가씨 보았느냐?"

　"미르 누이 말이에요? 글쎄요. 오늘은 못 보았는걸? 미르 누이 요새 귀양장이 집에 살지 않아서 얼굴 보기 힘들단 말이에요. 왜 그랬소? 죽고 못 살더만 둘이 싸웠소?"

　"예끼! 머리에 피도 안 마른 것들이 죽고 못 살긴 누가 죽고 못 산단 말이냐? 다른 데 가서 놀아라. 어서, 어서 저리 가."

　"쳇, 힘만 센 황소 같으니라고. 흥이다! 놀아달라고 안 할 거니 내쫓지 마셔요."

　"해 저물면 부모님 걱정하시니 적당히들 놀고."

　"예, 예. 미르 누이 보면 알려줄게요."

　"그래, 그래."

아이들에게서 돌아선 봉구가 시장 쪽으로 가려 할 때, 아이들 쪽에서 웅성거림이 들렸다. 저들끼리 뭔가를 쑥덕거리던 아이들이 봉구를 빤히 쳐다보더니 쫄레쫄레 작은 발로 따라잡는다고 뛰어왔다.

"아저씨, 봉구 아재!"

"왜 그러니? 뭐 할 이야기라도 있어?"

"분이가 그러는데 아까 낮에 산 비탈길에서 미르 누이 보았다 하던데요."

"아가씨께서 산 쪽으로 가셨다고?"

"예, 뭔지는 모르겠지만 누이가 무슨 미친 여자처럼 뛰어가더래요."

"분이는? 분이는 어딨어?"

"아재, 저 여깄어요. 아까 미르 언니 산길 따라 올라가던걸요. 무슨 이상한 상자를 높이 치켜들고는 막 기어올라 갔어요."

"기어오르다니, 아가씨가 그런 말 쓰면 안 된다. 분이야, 아무튼 미르 아가씨가 산으로 올라가셨다 이 말이지? 아저씨도 아가씨 찾으러 가야 하니 이만 가보마. 재밌게 놀다가 집으로 가거라."

"예, 아재도 누이 찾아서 귀양장이 선비님이랑 화해시키셔요."

"원, 애들은 어른들 일에 끼어드는 것이 아니다. 알았으니 가거라."

이번에야 말로 봉구는 산 쪽으로 발길을 돌렸다.

1609년 8월 24일 술시, 주전골 근처 계곡가.

미르는 차가운 계곡물을 거슬러 험준한 산길을 타고 오르기 시작했다. 녹음이 우거진 나무들 사이로 햇무리가 비쳐 들어오면서 황혼이 다가오고 있음을 알렸다. 미르는 시간 따위는 개의치 않고 더 높은 곳으로 올라가 주파수를 찾기 위해 노력했다. 그녀는 점점 깊숙한 산속으로 들어갔다. 잡음이 엷어졌다. 미르는 탈진한 상태였음에도 젖 먹던 힘을 쥐어짜내 산을 올랐다. 나무 귀퉁이를 부여잡고 숨을 고르던 미르의 뒤에서 나뭇가지가 부러지는 날카로운 충격음이 들렸다.

"미르 소저께서 이 깊은 산중엔 어찌 발길을 하셨소?"

깜짝이야. 미르는 사람을 확인하고 나서도 기분이 영 꿀쩍했다.

"그렇다면 성강께서는 여기에 왜 계십니까?"

그녀는 진심으로 문혁을 원망하고 있었다. 말을 하지 말지. 내게 알려주지 말지. 뭐가 됐든 혼자 알지. 그녀는 문혁에게 이야기를 들은 며칠 전으로 돌아갈 수만 있다면 뭐든 할 수 있을 것 같았다. 차라리 모르고 있던 때가 나았다. 문혁을 보자 언짢아진 미르가 그를 향해 톡 쏘아붙였다.

"저야 볼일이 있으니 왔겠지요. 물론 소저께서도 볼일이 있으시겠지요?"

"그러니 올라왔겠지요. 가던 길 마저 가시지요."

대꾸가 없었다. 미르는 등줄기가 오싹하여 문혁 쪽으로 고개를 돌렸다. 가늘게 떨리는 그의 입술이 파르르 웃었다. 기괴한 미소에 섬뜩해진 미르는 이자가 위험한 인물임을 직감하였다. 며칠 만에 만난 사내는 전보다 더 변해 있었다. 오만 방자하기는 하여도 사람 냄새가 나던 사내였다. 헌데 지금 김문혁은 사람이 아닌 것 같았다. 귀가 따갑도록 들어온 여우 요괴가 현현해 있었다. 미르는 두려워 문혁에게서 멀어지기 위해 주춤주춤 뒷걸음질을 치기 시작했다. 문혁은 그녀의 하는 양을 구경이라도 하고 있는지 실실 웃으며 가만히 서 있었다. 거미줄에 걸린 파리라도 되는지 그는 먹잇감이 발악하는 것을 천천히 음미했다. 미르는 소름이 끼쳐서 도망갈 방향을 가늠하여보았다. 나무 사이로 산중 비탈길들이 뻥뻥 뚫려 있었다. 눈치를 보던 미르가 세 시 방향을 향해 뛰기 시작하였다. 어디서 나타났는지 웬 사내들이 그녀의 앞을 가로막았다.

"이게 무슨 짓입니까? 성강께서는 길을 물려주시지요."

"내가 가로막고 있는 것이 아니지 않습니까? 길을 가고 싶다면 저자들에게 비키라 하세요."

"성강이 아는 자들이 아닙니까? 무슨 억지를 부리시는지요. 날이 저무니 저는 산을 내려가야겠습니다."

"소저 말대로 날이 저물어 여인 홀로 내려가기엔 가파른 길입니다. 제가 안내를 해드릴 테니 노여워 마시고 앞장서세요. 가는 김에 저희 집에도 한번 들러주시고요."

"무…… 무슨 짓입니까? 이거 놓으십시오. 이거 놓으란 말……."

미르의 길을 막아선 사내들이 양쪽에서 그녀의 팔을 부여잡더니 손수건으로 그녀의 입을 틀어막았다. 문혁은 미르에게 다가가 속삭였다.

"오늘 밤, 아주, 아주 진귀한 구경을 하게 될 것입니다."

서늘한 눈으로 웃어 보이던 문혁은 미르를 데리고 어둠이 드리운 길을 따라 내려갔다.

1609년 8월 24일 해시, 양양 고을.

"미르 낭자, 미르 낭자 어디 계시오!"

"미르 아가씨 어디 계십니까? 들리면 소리를 내주십시

오!"

"미르 소저, 미르 소저!"

휘지가 목청을 돋우어 미르의 이름을 외쳤다. 산속으로 미르를 찾아나선 봉구가 빈손으로 홀로 돌아와 휘지에게 그녀의 행방이 묘연함을 고하였다. 주인에게 걱정을 끼치고 싶지 않아 제 손으로 해결해보려 했으나 이상하였다. 그녀가 보이질 않았다. 살인 사건에 마을 인심도 흉흉하고, 거기에다 맹수의 습격도 일어나고 있었다. 미운 마음이 컸지만 그래도 걱정이 앞섰다. 어서 찾아야 자신도 발을 뻗고 잘 수 있으리라. 게다가 제 주인도 알고는 있어야 하지 않겠는가. 봉구에게서 미르의 소식을 접한 휘지도 놀란 가슴에 그녀를 찾아 나서게 되었다. 대체 어디에 있단 말인가. 이 아가씨는 얼마나 더 간장을 졸이게 해야 직성이 풀릴 것인지. 그는 근심이 되어 심장이 두근두근 뛰었다.

"무슨 일이 일어날지 모르니 관아의 배치를 이탈시키지는 마십시오. 어차피 순찰을 도는 김에 제가 나가 함께 소저를 찾아보겠습니다."

"교학, 자네 안색이 새파랗게 질렸네. 괜찮은 것이야? 아직 별일이 생긴 것도 아니니 아이들 몇 명 더 데리고 나가서 본격적으로 찾아보시게나."

"아닙니다. 그럴 수는 없지요. 봉구도 있고, 취성도 계십니다. 저도 소저를 찾는 대로 다시 복귀하겠습니다."

"여기는 신경 쓰지 말고 소저를 찾으시게."

"죄송합니다, 형님."

"됐네. 우리 사이에 무슨 인사가 필요한가. 무사히 돌아오시게."

휘지는 횃불을 들고 소리를 높여 미르의 이름을 불렀다. 효율을 높이기 위해 휘지는 도명과 봉구와 갈라져 미르를 찾기로 하였다. 그는 홀로 어둠을 헤치며 연인을 찾았다.

'미르 소저, 대체 어디 계십니까? 내가 잘못하였소. 보내지 말 것을. 내 옆에 붙들어둘 것을. 이렇게 당신이 없어졌단 사실만으로도 심장이 옥죄이는데……. 나 같은 소인배가 얼마나 간담이 크다고 그대를 놓아주네 마네 그따위 소리를 한단 말입니까. 나는 이제 정말 그대를 보낼 수가 없겠습니다. 아무 데도 갈 수가 없고, 아무 데도 보낼 수가 없어요. 나타나주신다면 무릎이라도 꿇고 애원하겠소. 소저, 제발 눈앞에 나타나주시오. 소저.'

"여기서 무엇을 하시나, 교학?"

돌연, 휘지의 뒤통수에 뜨끈한 충격이 가해지더니 눈앞이 까맣게 흐려졌다.

*

　여인의 우는 소리에 정신을 차린 휘지가 고개를 들어 주변을 살폈다. 밧줄에 꽁꽁 묶인 미르는 손수건으로 입이 틀어막혀 있었다. 그를 바라보며 그 커다란 눈에서 눈물을 줄줄 흘리는 그녀는 발을 꼼지락거리며 줄을 풀기 위해 안간힘을 쓰고 있었다. 휘지는 시야가 확실하지 않아 암전되었다 밝아졌다 해서 상이 하나로 뭉쳐지지를 않았다. 창살을 통해 달빛이 새어 들고, 그 빛에 폴폴 먼지가 날렸다. 빗장이 풀리는 소리와 함께 문이 열리고 시야가 확연해졌다.

　"거 가만히 누워 계시게나. 머리에서 피가 흐르지 않나. 자꾸 움직이면 과다 출혈할 걸세."

　빛을 등지고 서 있는 바람에 얼굴에 그림자가 졌으나 목소리만으로도 누구인지 알 수 있었다.

　"성강……."

　"내 자네에게 볼일이 아주 많았다네. 난 자네가 참 마음에 들지 않았지. 귀양장이 죄인 주제에 고고한 척은 혼자 다 하고."

　"지금 이게 무슨 짓이오?"

　"자네들도 어느 정도 알고 있지 않은가? 내가, 아니 우

232

리가 무엇을 하고 있는지는……."

"소저는 아무 상관이 없지 않소? 나약한 아녀자를 납치하여 나를 협박하려 하다니. 이 무슨 치사하고 비열한 수요?"

"흥, 우리 교학은 말 하나는 참 번지르르하게 잘한단 말이지. 그 입김으로 계집년들 마음을 후리고 다녔나 보지? 이 요망한 년도 그렇고 그 아둔한 수련화도 그렇고."

"되었소. 내가 여기 잡혀 있으니 소저는 풀어주시오."

"무슨 소리인가? 자네에겐 관심이 없어. 자네는 다만 내 여흥을 위한 준비물에 불과할 뿐이지. 나는 이 요망한 계집이 필요하거든."

문혁이 미르의 머리카락을 손으로 잡아채자 미르는 아픔에 눈물이 찔끔 났다. 자기는 괜찮으니 도망가라고 말하고 싶었지만 소리가 막혀 전해지지 않았다.

"자네가 찾고 있는 것이…… 저것이 아닌가?"

문혁의 뒤에서 허옇고 진득한 침을 질질 흘리는 검은 개가 휘지를 향해 으르렁댔다.

"소저를 건든다면 내가 가만히 있지 않을 것이오! 내가 가만히 있을 것 같소?"

"교학, 불쌍하게 묶인 채로 낑낑대지 말게. 아직은 아니야. 아직은 자네도 저 요사스러운 년도 미뤄둬야지. 내

첫 잔치 놀음은 여기서 시작할 것이 아니니까 말일세. 내
돌아오는 대로 자네와 놀아줄 터이니 그대를 믿지도 못
하는 저 멍청한 계집년과 마지막 정이라도 통해보게나."

개가 컹컹 짖었다. 문혁은 문을 닫았다. 어둠이 드리워
졌다. 휘지는 꽁꽁 묶인 자신의 팔을 풀어보기 위해 애
를 썼다. 무슨 수를 써서라도 미르를 구해내야만 했다.
게다가 오늘 밤, 큰일이 벌어질 것이다. 수하에게 가서
미리 귀띔을 해주어야 한다. 오만 가지 생각 속에 휘지
는 손목에서 피가 나는 것도 모르고 매듭을 풀려 했다.

"음…… 음……."

미르가 울고 있었다. 애타게 자신을 부르고 있었다. 입
이 막혀 있어 정확하지 않더라도 휘지는 알아들을 수 있
었다. 그녀가 자신을 찾고 있었다. 휘지는 중심을 잡아
몸을 일으켜 미르 쪽으로 다가갔다. 파란 눈망울에서 눈
물이 흘렀다. 안 본 사이 얼마나 야위었는지 달빛을 받
아 하얗게 빛나는 미르의 얼굴은 시체를 연상케 하였다.
휘지는 묶인 손을 이용해 연신 소리를 내는 미르의 입에
서 손수건을 풀어주었다.

"도령!"

"소저, 괜찮으십니까? 이것이 무슨 변고입니까? 내가
얼마나 찾은 줄 아시오?"

"머리에······ 머리에 피가 납니다. 이리 오세요. 제 손이 묶여 어떻게 합니까?"

"큰 상처가 아닙니다. 살짝 정신을 잃을 정도였습니다. 피는 염려 마시지요. 그보다 여기서 나가는 것이 시급합니다."

"미안해요, 도령. 나 때문에 이렇게 돼버렸어요. 내가, 내가 도령을 믿지 못하고 설치는 바람에 일이 꼬여버렸어요. 나쁜 사람이라는 것을 알고 있었는데······."

직접 눈으로 본 일도 다 진실이 아닐까 두렵다던데, 없는 데서 하는 말을 어찌 깊이 믿었단 말인가. 성강 그자가 휘지를 싫어해 얼마든지 말을 꾸밀 수 있었는데, 잠깐의 어리석음이 깊은 골을 만들어버렸다. 미르는 휘지를 당당히 대할 수가 없어 횡설수설 말을 늘어놓았다.

"괜찮습니다. 진정하세요, 소저. 나는 괜찮아요. 소저의 탓이 아닙니다. 성강 저자가 무언가 일을 꾸미고 있다는 것은 알고 있었습니다. 제가 부주의하여 소저를 구해내지도 못하고 이리 고초를 겪게 하네요."

"아니에요. 나를 찾다 이렇게 되신 것이 아닙니까? 저는 찾아줄 가치도 없는 여인인데 말입니다."

"당치도 않은 말 하지도 마십시오. 저는 소저가 없어졌다 하여 단장이 끊어지는 줄 알았습니다. 어찌 이리 속을 썩이십니까?"

"나는…… 내가 당신을 배신했어요. 내가 당신 마음을 우습고 초라하게 만들었어요. 언제나 올곧게 나를 향했는데 성강이 하는 말을 곧이곧대로 듣고 오해를 했어요."

"오해를 하신 데에는 타당한 이유가 있으셨을 겁니다. 제 불찰이니 자책하지 마세요."

"아니요. 그런 상냥한 말씀 하지 마세요. 제가 잘못한 것을 도령이 덮어쓰실 필요가 없습니다. 언제나 불안했어요. 도령을 변함없이 연모하시는 수연 아가씨의 마음이 두려웠고, 그에 비해 보잘것없는 제가 미웠습니다. 두 분이 같이 계시면 무척이나 잘 어울려 언제라도 당신이 제게 싫증을 느끼고 떠나실 것만 같았습니다. 그런데…… 그런데."

"더 이야기하기 괴로우니 그만 말하세요. 소저의 마음 저 또한 모르지 않습니다. 그 불안한 마음, 저라고 다를 것이 뭐 있었겠습니까? 저도 불안했습니다. 소저는 언젠가 떠날 사람이라고 생각했습니다. 귀양장이에 지나지 않았습니다. 영원히 제 곁에 소저를 매어둘 생각을 해보지 않았습니다. 그래서 화내고 오해하시는 소저를 붙잡지 않았어요. 제가 상처받을 것이 두려워, 더 힘들어지기 전에 소저를 후련하게 놓아버리려 했습니다. 이런데 제가 소저와 다를 바가 뭐 있겠습니까? 둘 다 사랑에 어리고 미숙하여 실수를 범한 것을요."

"도령, 나는…… 나는 도령이 수연 아가씨와 포옹하고 있는 것을 보고 흉측하게 질투하고 시기했습니다. 화가 나서 도령의 마음은 헤아려보지도 않고 내 성질만 풀어내려 방을 뒤집고 도령을 몰아세웠어요."

"소저, 그거 아십니까? 내가 왜 소저를 좋아하게 되었는지를요?"

미르가 죄책감에 젖은 눈으로 휘지를 바라보았다. 휘지가 엷게 미소 지었다.

"저는 성강의 말씀대로 잘난 것 하나 없는 죄인이었습니다. 저 스스로도 그렇게 생각하고 있었죠. 밝은 척, 고아한 척. 한양에서 쫓겨난 주제에 무시당하지 않으려고 발악을 하며 몸가짐을 바로잡았습니다. 그것도 다른 이들의 눈치를 보는 것에 지나지 않았지요. 실수로 불운한 일을 당한 후, 제 자신을 잃었습니다. 아니, 그전까지의 내가 누군지도 알아차릴 수가 없더군요. 그런데 말이죠. 소저는 달랐어요. 소저께서는 실수로 어려운 상황에 처하더라도 밝은 모습을 잃지 않고 어떤 상황에서도 적응하려고 노력하셨습니다. 얼마나 반짝반짝 빛나셨는지 아십니까? 제가 그런 소저를 보며 어떤 위안을 받았는

지 알아요? 제 졸렬한 허물들이 소저 앞에서는 아무것
도 아니게 되었습니다. 더 이상 몸부림치지 않아도 행복
할 수 있단 것을 깨달았지요. 소저는 제게 언제나 아름
다운 사람이었답니다."

휘지가 말을 멈췄다가 그녀의 얼굴로 가까이 다가섰다.
"저는 소저를…… 사랑합니다. 이제는 보낼 수가 없어
요."

그가 눈물로 얼룩진 그녀의 뺨에 입술을 맞췄다. 그들
사이에 말은 존재하지 않았다. 단지 휘지는 자신의 전율
하는 입술로 미르의 입술을 덮었을 뿐이다.

1609년 8월 25일 축시, 관아.

긴박한 분위기 속에서 보초를 서던 군졸들이 벼 베듯
쓰러져갔다. 단말마의 비명도 지르지 못한 보초들은 개
에게 목덜미를 물려 성대가 나갔다. 그들은 피를 쏟아
내며 관아를 향해 버둥거렸다. 개는 입에 문 보초를 한
번 털어내더니 숨통을 끊어냈다. 전면에 배치된 개들의
뒤를 따라 사람 그림자가 번져갔다. 우레와 같은 함성이
터져 나오고 검은 두건을 휘날리는 도적 떼가 일시에 들
이닥쳤다.

"관졸들은 쫄지 말고 자리를 지켜라. 한곳이 무너지면

모든 것이 무너진다."

도호부사가 관군들의 전열을 다듬어 태세를 정비하였
고 수하는 그 곁에서 관군들을 격려하였다.

"강원 감사에게 가서 관아가 흑사회의 공격을 받고 있
다 전하거라. 무사히 빠져나가 돌아와야 한다. 너를 믿고
오전까지는 어떻게 해서든 수비를 굳건히 하고 있겠다."

"예, 도호부사 영감. 반드시 돌아오겠습니다."

파발을 전하기 위해 전령이 관아의 밖으로 빠져나갔다.
은밀하게 그리고 신속하게 말을 모는 전령은 한순간의
지체도 아까워 말 등 위에서 자신도 함께 달리고 있었다.

"아버님, 개들이 포악해서 후미 쪽의 전열이 상당 부
분 무너졌습니다."

"다친 아이들은 내아로 옮기고 남은 아이들만으로 전
열을 다듬어보거라. 정문을 방어하느라 관군을 증원해
줄 순 없겠다."

"괜찮습니다. 걸출한 아이들만 남아 있으니 일당백은 해
줄 것입니다. 걱정 마시고 정문을 꼭 지켜내셔야 합니다."

연 대감은 도호부사로서가 아닌 아버지로서 수하를
따스하게 쳐다보았다. 수하는 의젓하게 웃어 보이며 아
버지의 흐트러진 갑주를 바로잡아주었다.

"내아에서 아버님의 자랑스러운 며느님와 위아偉雅한

따님께서도 힘을 내고 계십니다. 걱정하지 마십시오. 감사께 전령이 도착하여 증원군을 보내줄 것입니다."

수하의 말처럼 내아에서 예희와 수연도 힘을 보태고 있었다. 다친 군사들을 방으로 옮겨 응급 처치를 하였고, 물과 먹을 것을 만들어 군사들을 달랬다.

"활을 쏘라. 근접전을 벌여서는 안 된다. 적을 향해 활을 쏘라."

관군들은 활을 쏘았고, 관노들은 관아 내부에서 활로 만들 수 있을 만한 나무들을 찾아냈다. 그들은 문의 창살을 쪼개 활과 무기를 만들었다. 모든 사람들이 아침까지 버티겠다는 한마음으로 뭉쳐 의기투합하고 있었다.

수적으로 우세하지만 시간이 지남에 따라 좌수의 흑사회가 점점 밀리고 있었다. 끊임없이 쏟아지는 화살에 개들이 쓰러져갔고 병사들도 관아 쪽으로 접근하기를 두려워하고 있었다. 독 안에 든 쥐새끼 주제에 치열하게도 발악을 한다. 좌수는 잡초 같은 끈질김에 열이 받아 관아에 불을 놓고자 하였다.

"뭐 하느냐? 쥐새끼들이 나오지 않겠다 하면 나오도록 만들어야지. 불을 놓아라!"

흑건을 두른 병사들이 화살에 불을 붙여 관아로 쏘아댔다. 어두운 밤하늘에 화기가 번득였다. 화마는 관아를 집어삼키기 시작했고, 관군들은 적과 맞서 싸우랴, 동시에 불까지 끄랴 정신이 없었다. 좌수는 눈 깜짝할 새에 관아를 제압하고 동청으로 들어설 수 있을 줄 알았는데 쪽문 하나, 담벼락 한쪽 허물어뜨리지 못했다. 부아가 치밀어 오른 좌수가 세력을 몰아붙였다. 불길과 연기 뒤로 서서히 날이 밝아오고 있었다.

1609년 8월 35일 진시, 문혁의 집.

"젠장!"

고함이 들리면서 창고의 문이 열렸다. 나갈 방도를 찾고 있던 휘지와 미르도 문 열리는 소리에 다시 제자리에 돌아가 앉았다. 쾌청한 아침 공기와 함께 피투성이 옷을 입은 문혁이 들어왔다. 그는 뭐가 성에 차지 않는지 씩씩대며 들어왔다.

"젠장! 젠장! 젠장! 왜 마음먹은 대로 되지 않는 거지? 왜 힘으로 밀어붙여도 문을 열 수가 없느냔 말이야? 교학, 대답해보게. 마음을 써도 안 되고, 힘을 써도 안 된다면 대체 무엇으로 문을 열 수 있겠나?"

"그대의 삐뚤어진 마음으로는 절대 불가능할 것이오. 그들은 지지 않을 거요!"

"자네는 말을 참 잘해. 다들 말을 참 잘하지. 나만 말을 못하는가 보이. 누구의 마음도 움직이지를 못하니 말일세. 화술을 배우든가 해야지. 어찌하면 좋겠나?"

문혁이 뒤에 서 있던 장정들에게 눈짓을 하자 그들이 미르에게 다가섰다.

"소저의 몸에 손댈 생각일랑 마시오."

새벽녘에 가까스로 줄을 푼 휘지가 맨손으로 그들의 앞을 가로막았다.

"교학, 지금 자네는 아무것도 없는 주제에 누구를 지킬 수 있단 말인가? 자네 안위나 걱정하게. 나는 저 요망한 계집을 죽일 생각은 없네. 다만 우리 쪽에 부상자가 많으니 네년이 가서 좀 고쳐주어야겠다. 일어서거라!"

"무슨 소리를 하는지 모르겠네요. 누가 누구를 고친단 말이죠? 나는 의원이 아닙니다. 그럴 능력도 없고 그런 능력이 있다 하더라도 내겐 그대를 도와줄 생각이 전혀 없어요."

"그러한가? 나를 위해서 그 요사스러운 능력을 써줄 수 없겠는가? 그렇다면…… 이러면 어떻겠는가?"

문혁이 미르의 앞을 막아서고 있던 휘지의 복부에 칼을 박아 넣었다. 순식간에 뽑아 든 칼자루를 맨손으로 부여잡아보았지만 휘지는 미르가 뒤에 있어 피하지도 못하고 제 몸으로 그 칼을 받아냈다. 그의 손끝에 핏방울이 방울졌고, 하얀 도포도 검붉게 물들었다. 미르는 휘지의 상처에 파들파들 떨며 비명을 질렀다. 곧이어 문혁은 용렬劣하게 웃으며 칼을 뽑아냈고 환부에서 피가 뿜어져 나왔다. 미르는 휘지의 복부를 손으로 감싸며 휘청대는 그를 부둥켜안았다. 문혁이 득달같이 달려가 미르의 손목을 잡아채 휘지에게서 떨어트렸고, 그는 차가운 창고 바닥으로 쓰러졌다.

"네년 정인이 죽어나갈 것이다. 어디 한번 저항해보거라. 아니면 예서 네년의 요사스러운 능력으로 치료를 해보든가. 지금 따라나서지 않으면 교학은 죽을 것이야."

"도령! 가겠소. 가겠으니 이 손 놓으시오. 도령부터 살립시다. 내가, 내가 가서 열 명이고 스무 명이고 다 고쳐드리겠소. 하지만 도령부터 구하게 해주시오. 그래야 내가 가지 않겠습니까?"

"저놈은 급소를 다치진 않았다. 여기 두고 가도 금세 죽지는 않을 것이야. 하지만 네년이 지금 따라 나서지 않고 버텨 시간을 지체한다면 정말로 죽을 줄 알아라."

문혁은 말을 마치고 휘지에게서 떨어지지 않으려 기를 쓰는 미르의 머리채를 휘어잡았다. 그녀는 안간힘을 썼고, 그는 머리채를 질질 잡아끌었다. 여인을 대하는 것이 짐승만도 못하였다. 휘지의 안구에 불꽃이 일었다.

그는 피가 나는 제 복부를 움켜쥐고 자리에서 일어서 닫혀가는 창고 문을 박차고 나왔다. 장정들이 달려들었고 휘지가 그들을 피해 한 바퀴 돈 후, 허리춤에 있던 몽둥이를 빼앗아 차례로 내리치기 시작했다. 뒤쪽에서 들리는 신음 소리에 놀라 문혁과 미르도 가던 발을 멈추었다. 휘지가 문혁을 향해 무섭게 돌진했다. 자신의 목숨은 안중에도 없었다. 미르를 도망가게 할 수 있다면 무슨 짓이라도 할 수 있을 듯싶었다. 중심을 잃은 문혁이 미르의 머리채를 놓쳤고 그녀는 마당께로 넘어졌다. 푹 소리와 함께 두 사내의 힘겨루기가 시작됐다. 휘지의 몽둥이질에 머리가 터진 문혁이 피를 뚝뚝 흘렸다. 한 손으로는 몽둥이를 잡고, 다른 손으로는 칼을 잡고 있던 사내들은 한참을 미동도 않고 합을 가르고 있었다. 피를 많이 흘려 시야가 흐릿해진 휘지의 손이 부들부들 떨렸다. 미르는 그런 그에게 달려가기 위해 몸을 일으켰다.

"다가오지 마십시오! 소저라도 먼저 도망치십시오. 내 따라가지요."

휘지가 그녀를 바라보며 웃었다. 문혁이 틈을 놓치지 않고 움직였다. 휘지도 정신을 차리고 다시금 맨손으로 칼을 잡았다.

"싫습니다. 싫어요! 도령을 버리고 나는 아무 데도 못

갑니다."

미르는 혼절해 있는 장정들의 허리춤에서 몽둥이를 하나 집어 들어 굳게 쥐곤 문혁에게로 다가갔다.

1609년 8월 25일 사시, 강원도 일대.

강원도 일대의 하늘이 심상치가 않았다. 맑은 듯하면서도 구름들이 회오리를 치기 시작했다. 간성군의 하늘에서도 이상 징후가 포착되기 시작하였다.

"저…… 저것이 뭔가?"

장터에서 미투리를 팔고 있던 상인이 호들갑을 떨며 손가락으로 하늘을 가리켰다. 푸른 하늘을 떠다니던 엷은 구름들이 회오리치며 사라지더니 하늘이 말끔히 개어 자취조차 보이지 않게 되었다. 잠시 후, 멀리 하늘에 전쟁이라도 났는지, 천군이 북을 치고 전진할 법한 우렁찬 소리들이 북쪽에서 남쪽을 향해 갔다.

"저…… 저 하늘에 전쟁이 났는가 보오. 저 연기가 무엇인가?"

"세상에 이게 무슨 일이오. 불덩이 같은 것이 나왔소이다!"

호리병을 닮아 위는 길쭉하고 아래는 둥글넓적한 형체가 횃불과 같이 요란하게 천중을 날아다녔고 그 빛이 햇무리와 같이 붉었다. 사람들은 겁이 나서 무릎을 꿇고 바닥에 머리를 조아렸다. 하늘이 노하셨다며 발발 떠는 사람들도 보였다. 이런 현상은 가히 간성군의 일만이 아니었다. 같은 시각, 원주목의 하늘 위에서도 붉은색의 베처럼 생긴 것이 사방을 뚫더니 우레와 같은 소리를 내고 사라졌다. 더불어 강릉부와 춘천부의 하늘에서도 괴물체들이 하늘을 부유하더니 붉은 화기와 천둥소리를 내다 사라졌다. 그것들은 무언가를 찾는지 낮게 내려와서 지면을 살피다가 사라지곤 하였다. 아무것도 모르는 땅의 사람들만 난생처음 보는 광경에 혼백이 빠지고 다리가 풀려 주저앉아버렸다.

"저…… 저것이 무엇이오?"

한창 전투가 격렬하게 이루어지고 있던 양양의 하늘에도 거대한 비행 물체가 북소리를 내며 공중을 뒤덮었다. 수십 개의 비행체들은 관아는 물론이며 양양의 모든 지역을 굽어보고 있었다. 붉고 푸른 빛들이 쉴 새 없이 쏟아져 나와 사람들은 눈을 뜨기도 힘들었다. 처음 비행체들은 수천 리 떨어진 높은 하늘을 날아다니더니 땅에 닿을 정도로 지척에 가까이 내려앉았다. 결코 땅에 닿진 않았으나 충분히 위협적이었다. 하늘에서 내려온 신성하고 외경시 되는 존재들의 등장에 도호부사는 물론이며 좌수도 기세가 누그려들었다. 겁먹은 병사들은 홀린 듯 하늘을 바라보며 무기를 땅에 내려놓고 엎드려 살려달라 애원을 했다. 전의를 상실한 그들로는 싸움이 계속될 수 없었다. 도호부사는 넋을 잃은 군사들을 다독여 전열을 가다듬었고, 속전속결로 마무리하고픈 좌수는 애가 타서 군사들을 다그쳤다. 잠시 전투는 소강상태에 접어들었다. 하늘의 존재들이 그들을 관망하고 있었다.

한편, 휘지와 미르가 있던 좌수의 기와집 위로도 거대한 비행체가 접근하여 어두운 그림자가 졌다. 잠시 사내들의 시선이 하늘로 향하자, 그 순간을 놓치지 않고 미르가 몽둥이를 집어 들어 문혁의 머리를 수차례 구타했다. 그가 휘지에게서 떨어져 나갔고, 미르는 휘지에게로 뛰어갔다.

"이년이 죽고 싶어 환장을 하였구나! 곱게 데려가려고 했더니 역시 천한 년은 하는 모양새도 다르구나. 네년 다른 곳은 필요도 없다. 치료를 할 수 있는 손만 멀쩡히 남겨주마."

문혁의 외침과 동시에 하늘이 수런거리며 요란한 소리가 공중을 뒤덮었다. 맑게 개어 엷은 구름 한 점 없는 동쪽 하늘 끝에서 포를 쏘는 소리가 다시 울리더니 꿀단지처럼 생긴 불덩어리가 하늘의 문을 열고 폭포수처럼 그들을 향해 내려앉았다. 마침내 문혁의 집 담장들이 와르르 소리를 내며 부서졌고, 비행체는 땅에 착륙하여 빛을 쏟아냈다.

"어…… 엄마?"

휘지를 품에 안은 미르가 서서히 열리는 비행체의 문을 주시하며 새된 소리를 냈다. 갑작스러운 존재들의 등장으로 문혁은 미르를 겨누던 칼날을 거두고 황급히 집을 빠져나가 제 아버지인 좌수가 있을 관아 쪽으로 도망갔다.

"엄마? 아빠!"

빛을 뚫고 사람의 형체가 드러나더니 미르와 휘지의 눈앞에 정체를 드러냈다. 무장을 한 수많은 사람들이었다. 개중에는 미르의 눈에 익은 사람들도 있었고 처음 보는 사람들도 있었다. 그러나 분명한 것은 자신을 향해 두 팔을 벌리며 뛰어오고 있는 저 사람들이 미르의 부모님이라는 사실이었다. 무척이나 기뻐 새빨갛게 달아오른 얼굴과 주체할 수 없게 흘러나오는 눈물과 울음. 미르는 긴장이 풀려 손에 들고 있던 몽둥이를 떨어뜨렸다. 그녀는 근 반년 만에 부모와 상봉하게 되었다.

"내 딸, 우리 미르, 내 새끼. 어떻게 된 거야? 이 피는 뭐고? 우리 딸 괜찮은 거야?"

"엄마, 아빠!"

그녀는 우느라 목이 쉬어 말을 잇지 못했지만 침묵만
으로도 그간의 슬픔을 녹여내기엔 충분했다. 휘지는 얼
싸안고 있는 세 사람을 바라보더니 인사도 남기지 않고
그 자리를 벗어나고 있었다. 건첩健捷하게 사라지려고 했
으나 부상이 있어 절뚝거렸다. 미르도 그의 뒷모습을 보
곤 부모의 팔을 풀어 휘지에게로 달려갔다.

　"도령! 성치 않은 몸으로 어딜 가요?"

　"소저…… 내게 오셔서 어쩝니까? 소저의 양친께서 기
다리고 계십니다. 이제 그만 여기를 벗어나세요."

　"무슨 소리를 하는 거예요? 도령이 이리 다쳤는데 치
료도 않고 어딜 또 가시려고요."

　"큰 상처가 아니니 괘념치 마시고 가시지요."

　"안 돼요. 이리 와서 앉아요. 치료만이라도 하게 해주
세요."

　미르가 비틀대는 휘지를 바닥에 앉혀 자상을 입은 복
부를 치료하기 시작했다. 휘지는 미르를 바라보지 않으
려고 고개를 다른 쪽으로 돌렸고, 미르는 머리가 복잡하
여 손은 치료를 하고 있으나 새하얗게 방전되어버렸다.
미르의 부모도 쓰러져 있는 휘지의 곁으로 다가와 의문
의 시선으로 딸을 바라보았다.

　"이분은 누구……시니?"

말을 걸어오자 깜짝 놀란 휘지가 미르의 부모를 바라보았다. 미르가 부모를 닮은 것이겠지만 그들은 그녀를 닮아 푸른 눈이 아름다운 사람들이었다.

"저는 교학 정휘지라고 합니다. 양친께서는 그간 걱정이 많으셨겠습니다."

"여기에 추락한 저를 도와주고 거처를 마련해주신 분이세요."

"딸의 은인이셨군요. 감사 인사드리겠습니다. 부족한 저희 딸이 폐를 끼쳤습니다. 그런데…… 이 마을의 분위기가 살벌한 것이 무슨 일이 있습니까?"

휘지의 미간에 주름이 잡혔다. 이곳은 위험했다. 부모라면 자식이 위험한 것을 본능적으로 알아차리기 마련이었다. 미르의 부모도 지금 마찬가지일 것이다. 마침내 휘지는 그녀를 보낼 때가 다가오고야 말았다는 사실을 통감하게 되었다.

"이곳은 지금 도적 떼가 침입하는 바람에 전투가 벌어지고 있습니다. 위험하오니 부디 미르 소저를 모시고 어서 떠나시기 바랍니다."

전투라는 말에 미르 부모님의 눈에 공포가 서렸다. 무슨 전투인지는 몰라도 위험한 것은 불 보듯 훤한 사실이었으며, 하물며 함부로 과거에 휘말려서도, 개입되어서도 안 되었다. 미르가 남의 별 과거에 떨어진 것에서부터 시작하여 지금도 이미 미르를 찾기 위해 많은 비행체들이 강원도 일대를 샅샅이 수색하고 있었다. 충분히 과거에 개입하고 말았다. 조금의 실수라도 했다간 지구의 미래가 바뀔지도 모르며 이는 전 우주적으로 문제가 될 것이 분명했다. 부부는 사색이 되어 미르의 팔을 붙들었다.

"저희 딸을 무사히 보호하여주셔서 정말 감사합니다. 허나 이제 위험한 것을 알았으니 딸을 데리고 돌아가도록 하겠습니다. 야속히 느껴지실진 모르겠으나 이만 돌아가지요."

"아버지! 무슨 소리를 하시는 거예요? 여기 계신 도령도 그렇고 다른 분들도 다 제 은인이자 벗이세요. 그분들이 위험에 처했는데 어떻게 보답도 않고 저만 떠난단 말이에요?"

"미르야, 큰일 날 소리 마렴. 너 때문에 다들 충분히 곤욕을 치렀다. 대사관은 물론이며 한국 관계자분들도 널 찾겠다고 게이트를 열고 지금도 강원도 여기저기를 수색하고 있단 말이다. 이제 널 찾았으니 더는 과거에 혼란을 더하지 말고 이만 제 시간대로 돌아가야 한다. 어서 타거라."

"아니요, 저는 못 갑니다. 가시려거든 어머니와 아버지나 가세요. 저는 도령을 두고 못 갑니다."

"소저, 부모님께 그 무슨 무례한 행동이오? 여긴 위험한 데다 소저가 있을 곳이 아니오. 돌아가시오."

"도령…… 정말 나를 보낼 수 있습니까? 나…… 정말 떠나요?"

휘지가 흔들렸다. 그는 미르의 부모님을 바라보았다.

"걱정 마십시오. 소저는 함께 돌아갈 것이니 안심하세요. 다만 제가 따님께 무례한 짓을 한번 해도 되겠습니까?"

무례한 짓을 허락받고 하려 하다니. 부부는 품위 넘치는 사내가 하는 말을 거역할 수가 없어 멍청하게 고개를 끄덕였다.

"소저, 나를 보세요. 소저가 이곳에 계시지 않는다 하여 내가 소저를 보낸 것은 아닙니다. 여기 이 마음속에 내 눈과 기억 속에 소저는 영원할 것입니다. 내 수절이라도 하지요."

"싫어요, 도령……. 싫다고요."

휘지가 애써 익살맞은 표정을 지어 미르를 달랬다.

'평생 그대는 나의 각시이고, 나는 그대의 낭군일 것이네.'

휘지가 미르를 바라보았다. 미르는 눈앞의 휘지와 등 뒤의 부모를 번갈아보았다. 어디로도 발길이 떨어지지

252

않았다.

"사랑하오. 미르 소저."

휘지가 미르의 입술을 훔쳤다. 그는 공들여, 바르르 떨리는 그녀의 입술을 부드럽게 지분거렸다. 달콤하게 혹은 씁쓸하게 휘지의 말캉한 혀가 미르의 입안을 감돌았다. 둘은 숨을 나눴고, 휘지는 미르가 되었으며 미르는 휘지가 되었다.

"안 돼. 안 가요. 엄마, 나 안 갈래요. 안 간다니까!"

자신을 붙들어 비행선에 태우려는 부모의 손길을 뿌리치며 미르가 악을 걸렸다. 부모는 어쩔 줄을 몰라 발광을 치는 딸을 붙드느라 진땀이 흘렀다. 미르는 멀거니 그녀를 바라보는 휘지를 향해 애틋하게 손을 뻗었다. 닿지 않았고, 잡질 못했다. 그녀를 태운 비행체가 광채를 뿜더니 하늘 길을 따라 사라졌다.

미르가 떠났다.

6.

1609년 9월 25일 진시, 창덕궁 인정전.

문무백관이 고개를 조아리고 임금께서 편전으로 드시

길 기다렸다. 왕은 근엄한 표정을 고쳐 지었으나 밝은 기색이 역력하였다. 그가 편전으로 들어서 좌석에 앉자 문무백관이 일어나 일제히 왕의 안부와 건강에 대한 이야기를 주고받았다.

"강원 감사 이형욱의 치계가 올라왔습니다."

"읽게."

왕의 하명이 내려지자 올라온 치계를 펼쳐 낭랑한 목소리로 읽어 내려가기 시작했다.

"강원 감사 이형욱이 치계하였습니다. 간성군에서 8월 25일 사시 푸른 하늘에 쨍쨍하게 태양이 비치었고 사방에는 한 점의 구름도 없었는데, 우레 소리가 나면서 북쪽에서 남쪽으로 향해갈 즈음에 사람들이 모두 우러러보니, 푸른 하늘에서 연기처럼 생긴 것이 두 곳에서 조금씩 나왔습니다. 형체는 햇무리와 같았고 움직이다가 한참 만에 멈추었으며 우레 소리가 마치 북소리처럼 났습니다. 원주목에서는 8월 25일 사시 대낮에 붉은색으로 베처럼 생긴 것이 길게 흘러 남쪽에서 북쪽으로 갔는데, 천둥소리가 크게 나다가 잠시 뒤에 그쳤습니다. 강릉부에서는 8월 25일 사시에 해가 환하고 맑았는데, 갑자기 어떤 물건이 하늘에 나타나 작은 소리를 냈습니다. 형체는 큰 호리병과 같은데 위는 뾰족하고 아래는 컸으며, 하늘 한가운데서부터 북방을 향하면서 마치 땅에 추락할 듯하였습니다. 아래로 떨어질 때 그 형상이 점차 커져 서너 장 정도였는데, 그 색은 매우 붉었고 지나간 곳에는 연이어 흰 기운이 생겼다가 한참 만에 사라졌습니다. 이것이 사라진 뒤에는 천둥소리가 들렸는데, 그 소리가 천지를 진동했습니다. 춘천부에서는 8월 25일 사시 날씨가 청명하고 단지 동남쪽 하늘 사이에 조그만 구름이 잠시 나왔는데, 오시에 화광이 일었습니다. 모양은 큰 동이와 같았는데 동남쪽에서 생겨나 북쪽을 향해 흘러갔습니다. 매우 크고 빠르기는 화살 같았는데 한참 뒤에 불처럼 생긴 것이 점차 소멸되고, 청백의 연기가 팽창되듯 생겨나 곡선으로 나부끼며 한참 동안 흩어지지 않았습니다. 얼마 있다가 우레와 북 같은 소리가 천지를 진동시키다가 멈추었습니다.

양양부에서는 8월 25일 미시에 죄수인 김문후의 집 뜰 가운데 처마 아래의 땅 위에서 갑자기 세숫대야처럼 생긴 둥글고 빛나는 것이 나타나, 처음에는 땅에 내릴 듯하더니 곧 한 장 정도 굽어 올라갔는데, 마치 어떤 기운이 공중에 뜨는 것 같았습니다. 크기는 한 아름 정도이고 길이는 베 반 필 정도였는데, 동쪽은 백색이고 중앙은 푸르게 빛났으며 서쪽은 적색이었습니다. 쳐다보니,

마치 무지개처럼 둥그렇게 도는데 그 모습은 깃발을 만 것 같았습니다. 반쯤 공중에 올라가더니 온통 적색이 되었는데, 위의 머리는 뾰족하고 아래 뿌리 쪽은 자른 듯하였습니다. 곧바로 하늘 한가운데서 약간 북쪽으로 올라가더니 흰 구름으로 변하여 선명하고 보기 좋았습니다. 이어 하늘에 붙은 것처럼 날아 움직여 하늘에 부딪칠 듯 끼어들면서 마치 기운을 토해내는 듯하였는데, 갑자기 또 가운데가 끊어져 두 조각이 되더니, 한 조각은 동남쪽을 향해 한 장 정도 가다가 연기처럼 사라졌고, 다른 한 조각은 본래의 곳에 떠 있었는데 형체는 마치 베로 만든 방석과 같았습니다. 조금 뒤에 우레 소리가 몇 번 나더니, 끝내는 돌이 구르고 북을 치는 것 같은 소리가 그 속에서 나다가 한참 만에 그쳤습니다. 이때 하늘은 청명하고, 사방에는 한 점의 구름도 없었다 합니다."

"그대들이 생각하기로 이 괴물체들은 무엇을 의미하는가? 짐이 어질지 못하여 하늘이 내리는 경고인가? 아니면 태평성대가 이루어지라 하늘의 선인들께서 나들이를 나오신 것인가? 일관은 대체 무엇을 하여 이러한 일이 발생하기 전에 알지 못하였는가?"

일관이 자라목을 움츠리고 왕의 눈치를 살피었다. 웃는 낯으로 질문을 해왔지만 꼬장꼬장한 눈빛으로 반응을 살피는 것이 보였다. 백관들은 말을 꺼내지 못하고 침을 꿀꺽 삼켰다.

"전하의 하해와 같은 은혜로 하늘에서 양양에 일어난 변란의 계시를 알려주신 것이라 사료되옵나이다, 전하."

"흠, 역시 영의정께서는 듣기 좋은 말씀만 하십니다. 그렇소, 짐 역시 양양에서 발발한 변란에 대한 이야기를 들었소이다. 무뢰한 자가 짐의 명을 어기고 백성을 수탈함도 모자라 관아를 습격하고 도호부사를 살해하려 하였으니 그 죄는 죽어 마땅할 것이오. 또한 공적을 쌓은 양양 도호부사와 그의 자제, 그리고 양양으로 유배 보냈던 정휘지에게는 상을 내릴까 하오."

"하오나 전하, 이러한 불측한 일은 도호부사의 불찰로 발생한 것입니다. 상을 내리심은 과하십니다. 하물며 죄를 지어 유배를 간 정휘지에게 상을 내리시다니요?"

"하늘은 이번 일을 좌시하지 않을 요량으로 강원도 일대에 나타나 사태의 심각성을 알렸고, 이는 영의정의 말처럼 하늘이 나를 도와 계시를 주심이었소. 또한 하늘은 이유 없이 큰 복을 내리지 않는 법이니 도호부사의 덕이 크기 때문에 큰 변란을 막을 수 있었던 것이오. 게다가 간악한 흑사회의 정체를 밝혀내고 그들의 침입을 막아낸 공로가 크니 나는 도호부사에게 상을 내리고 정휘지

의 유배를 면하여줄 생각이오. 토를 달고 싶은 이가 있
다면 지금 말하시오."

1609년 9월 30일, 양양.
"자네 속은 좀 괜찮나?"
밤새 술판을 벌이느라 몇 번이나 속을 게워낸 휘지가
눈이 발개져선 자리에 앉았다. 수하는 여전히 취흥에 겨
워 술잔을 들이켰고, 그 옆에서 말리기도 지쳤다는 듯
예희가 어깻짓을 했다. 휘지는 머리를 재차 흔들더니 수
하가 건네는 술잔을 사양했다.
"충분히 마신 듯합니다. 귀형께서 주시는 술을 다 받
아 마셨다가는 내장까지 다 게워내겠습니다. 저보다는
취성께서 귀형의 술상대로 적임자일 겁니다."
"그건 자네가 말하지 않아도 알고 있네. 그런데 이놈
의 취성은 좀 전까지 있었는데 어딜 간 게야. 취성이 없
으니 자네가 끝까지 나를 책임지게나."
그러고 보니 분명 옆에서 말술을 들이켜던 도명이 보
이지를 않았다. 게다가 수연도 자태를 감추었다. 수하는
거듭 손사래를 치는 휘지에게 다시 술잔을 쥐여주었다.
"내가 아쉬워서 이러는 것이 아닌가? 우리 교학은 보
고 있어도 그리워, 허허허."

휘지는 하는 수 없이 다시 술잔을 받아 들고 싱글벙글 미소 짓는 수하를 향해 빙그레 웃어 보였다. 그는 도명이 오면 바로 자리를 떠야겠다고 다짐했다.

*

아침 햇살을 받아 정원에는 꽃들이 만발해 있었다. 그 가운데 수연이 홀로 앉아 꽃잎을 만지작거렸다. 멀리서 뒷짐을 지고 도명이 꽃밭 사이로 들어왔다.

"수련화께서는 술 마시다 말고 왜 이런 곳에 오셔서 홀로 훌쩍이시오?"

갑자기 나타난 도명으로 인해 수연이 손등으로 눈물을 훔치며 인상을 찡그렸다.

"그러는 취성께서는 앉아서 술이나 드시지 어이하여 내당 정원까지 들어오셨습니까?"

"왜, 교학이 곧 떠난다 생각하니 마음이 아파 그러오?"

"그, 그런 것이 아닙니다. 뭐하러 예까지 와서 사람 속을 뒤집으려 하십니까?"

"그냥 낭자나 나나 딱하여 그렇지요. 떠난 사람 때문에 속 썩이는 것 말이오. 차인 것은 낭자나 나나 매한가지가 아니오."

도명이 꽃밭에 털썩 퍼지고 앉아 챙겨 온 술병을 꺼내 마셨다. 수연이 진동하는 술내에 식겁하며 옆으로 슬쩍 이동했다.

　"매한가지라니요? 어찌 훈도와 제가 같습니까? 저는 엄연히 교학께 정식으로 고백을 하고 마음을 다잡는 중이고, 훈도께서는 홀로 심중에만 고이 모셔두고 단념하셔놓곤 어찌 우리가 같다 하십니까?"

　"어쨌든 주었던 마음에 보답받지 못한 것은 같지 않겠소?"

　"아니지요. 훈도는 찌질하셨고, 저는 아름다웠지요."

　"아니, 내 딴에는 위로를 해준답시고 따라왔더니 아주 무섭게 달려드는구먼? 이제 보니 사내에게 한마디도 안 지고 따박따박 말대꾸하는 여인이 여기 하나 더 있었구먼. 에비, 퉤!"

　"어찌 꽃밭에 침을 뱉으십니까? 누군 못할 줄 아시나? 퉤!"

　수연도 술기운이 덜 가시었는지 평소에는 안 나던 용기가 나 도명을 따라 침 뱉는 시늉을 해 보였다.

　"여인네가 채신머리없이 꽃밭에, 것도 사내 앞에서 침을 뱉소? 망아지가 따로 없군."

　"사내는 뱉어도 되고 계집은 그러면 안 된다는 법도라

도 있습니까? 참·고리타분하신 분이외다.”

"하하, 말세로고, 말세야. 술이나 해야지, 술이나!”

"술 좋아하고 주색잡기 밝히는 사내는 오라비로도 충분하니 제 곁에 계시지 마시고 저리, 저리 가시지요. 훠이, 훠이.”

"있으라 해도 안 있소. 여인이 나긋나긋하고 단아한 맛이 있어야지, 양양 사람들은 수련꽃을 보도 못했나, 이 아가씨에게 어울릴 법한 당호인가!”

"쪼잔하게 여인네에게 시비 걸지 마시고 가십시오. 꼴도 보기 싫습니다!”

"누가 할 소리를! 허허.”

도명은 말은 그렇게 하면서도 꽃밭에서 일어날 기미를 보이지 않았고, 수연도 도명을 노려보면서도 굳이 일어나란 말은 하지 않았다. 오히려 그녀의 입꼬리가 장난스럽게 올라간 듯도 하였다. 어디선가 바람이 불어 꽃밭에서 일제히 꽃잎이 날아올랐다.

"미르 소저께서도 이리…… 날아오르셨을까요?”

수연이 아련하게 하늘을 바라보았다. 도명도 그런 수연의 옆얼굴을 훔쳐보다가 아득한 하늘을 올려다보았다.

*

수하와 밤새 술판을 벌이느라 관아에서 밤을 지새운 휘지가 가을 햇살을 받으며 겨우겨우 집으로 돌아왔다. 벌써 미르가 떠난 지도 한 달이라는 시간이 지났다. 휘지는 경망스러운 하품을 손으로 가리며 시전가를 통과하였다.

"나리, 그간 무탈하셨습니까?"

여인의 목소리에 휘지는 소리 나는 쪽을 바라보았다. 좌판을 벌이고 쌀을 던지며 무당이 휘지를 향해 빙그레 웃고 있었다.

"자네, 참으로 반가우이. 오랜만에 보는구먼. 그동안 장에는 한 번도 나오지 않았는가?"

"기분이 좋아 보이십니다. 유배가 풀려 한양으로 돌아간다 하시던데, 나리께 좋은 일이 생기시어 이년도 마음이 좋습니다."

"소문이 그리 빠른가? 내 모레면 양양을 떠나 한양으로 돌아가게 되었네."

"제때 강원 감사께서 군사를 보내시어 이번에야말로 확실히 도적 떼를 소탕할 수 있었다고 들었습니다."

"그랬지. 조금만 늦었어도 관아가 다 타버릴 뻔하였네.

그래도 파발이 제때 도착하여 감사께서 군을 이끌고 오셔서 그들을 소탕할 수 있었지."

"어찌 감사의 도움만이 있었겠습니까? 하늘의 도움이 컸지요. 저도 그날 하늘에서 신령스러운 기운이 느껴져 나가보니 오색찬란하고 영롱한 빛무리들이 여기저기 포진한 것을 볼 수 있었답니다. 무뢰한 도적놈들도 넋을 놓고 혼비백산하여 무기를 버리고 달아났다 하더이다."

"그랬지, 하늘의 도우심이 가장 컸지. 무당 자네의 말이 맞네. 그분들이 제때에 나타나시어 더 이상의 피를 보지 않을 수 있었다네. 그건 그렇고 좌수께서 두령을 잃은 잔당을 끌어모아 사병으로 키우고 있으리라고 그 누가 상상이나 하였겠는가? 물론 이 고을 입 무거운 백성들께서 공모하여 입을 다무는 바람에 수사하느라 힘이 들었네."

"그것을 어찌 이 불쌍한 민초들 탓으로 돌리겠습니까? 다들 목숨 부지하려면 입을 다물어야 했는걸요."

"무당, 나도 알고 있네. 그들을 탓하는 것이 아니었네. 그저 다들 살기 힘들어 그랬다는 것 왜 모르겠나. 그냥 조금 힘들었다 투정 부려보는 것이었는데 내 말실수했네. 아무튼 좌수께서는 그간 백성들 수탈하시느라 배가 많이 부르셨지. 하지만 이젠 좌수가 아니라 도적들 두령으로서 압송되어 그간 지었던 모든 죗값을 치를 것이네!
백성들도 더 이상 고초를 겪지 않게 될 것이니 내 마음
역시 홀가분해졌다네. 나는 참으로 이 고을이 좋고 여기
사람들이 좋다네."

"그러십니까? 저도 나리 안색이 평안하신 것을 보니
마음이 좋습니다."

"무당도 신수가 훤하이."

"헌데 이 고을이 왜 좋으십니까?"

"왜…… 좋냐니. 그야 공기 좋고 하늘 맑고, 한명 형님
과 같은 좋은 벗도 있고……."

'미르 소저를 만날 수 있었으니까.' 휘지는 무당을 바
라보며 짓궂게 씩 웃었다.

"그간 무당은 신기가 아니라 궁금증이 늘었나 보이?"

"예, 그렇지요. 나리께서도 좀 솔직해지셨습니다. 이년
은 나리를 보면 기분이 좋아집니다. 이참에 제 신발 연
습도 할 겸 오랜만에 점괘를 봐드리지요."

그럴 필요까진 없는 것을. 휘지는 변함없는 무당의 밀
어붙이기가 정다워 그녀가 건네는 점괘통에서 점괘 하
나를 뽑아주었다. 유쾌한 표정으로 휘지의 손에서 점괘
를 건네받은 무당은 상 위에 쌀을 흩뿌렸다. 쌀알을 뒤
적이던 무당이 불쑥 고개를 들이밀고 낮게 읊조렸다.

"나리의 안색에 신령스러운 기운이 감도는 것이 오늘 필시 기이한 일을 겪게 되실 것입니다."

이거 어디서 한번 들어본 이야기인데, 굉장히 익숙한 느낌에 휘지는 고개를 갸우뚱거리며 이어지는 무당의 이야기를 귀 기울여 들었다.

"오늘 하늘에서 귀인이 내려오시매 나리와 깊은 인연을 맺을 것으로 보입니다."

휘지가 마른침을 삼켰다.

"지금 돌아가시는 길에 설악산 끝자락 물 맑은 기슭으로 오르시면 귀인을 만나실 수 있을 것입니다. 이번에는 그저 그분의 손을 꼭 잡아주시기만 하면 됩니다."

휘지가 벌어진 입을 다물지 못한 채 무당의 얼굴을 들여다보았다. 아리송한 표정이었다. 무당이 싱긋 웃었다. 휘지는 자리에서 벌떡 일어나 헐레벌떡 뛰기 시작했다. 뛰어가던 그가 고개를 돌려 무당을 향해 소리 쳤다.

"무당! 그대 신기, 내게는 좋은 결과를 주었소. 그대는 분명 훌륭한 무당이 될 수 있을 것이오. 고맙소!"

휘지가 환호성을 지르며 뒤를 돌아보았을 때, 무당은 그림자도 보이지 않았다. 휘지는 기이하여 자신이 꿈을 꾸는 것만 같았다. 그는 아무 생각도 하지 않고 앞으로 내달렸다.

*

　숨이 가빴다. 그러나 달리는 내내 가슴이 설레어 정신을 차릴 수가 없었다. 어쩌면 아무것도 아닐 수 있었다. 자신의 헛된 기대일지도 몰랐고, 지금 달리고 있는 순간조차도 술에 취한 자신의 허망한 꿈에 불과할지도 몰랐다. 아니, 실은 지금 자신이 왜 달리고 있는지도 알 수가 없었다. 하지만 지금 숨이 차도 후회는 없다. 그는 이 산을 다 오를 수도 있을 것 같았다.

　우르릉. 천지가 요동을 쳤을까. 숨이 차서 휘지의 세상이 울렁거리는 것일까. 낙엽을 지르밟으며 그는 산을 올랐다. 멀리서 차가운 물이 아래로 떨어지면서 내는 마찰음과 물보라, 그리고 눈이 멀 정도의 광채가 단풍과 함께 어울려 장관을 이루고 있었다. 자연이 만들어낸 붉은 휘장을 걷고 휘지가 안으로 걸어갔다. 맑은 물 위로 둥둥 떠다니는 낙엽들이 아름다운 그림을 그려내고 있었지만 그곳엔 아무도 없었다. 잠시 구름 뒤에서 고개를 내민 햇살이 만들어낸 광채였나 보다. 그럼 그렇지, 너무 그리워했다.

　휘지는 쑥스러워 뒷머리를 쓰다듬고는 바로 돌아가는 것도 뭣하여 홀로 단풍 놀음을 하기로 맘먹었다. 발에 신겨진 신을 벗어던진 그는 계곡이 온통 제 땅이라도 되는 양 신이 나서 차가운 계곡물에 발을 담갔다. 떠내려오는 단풍잎을 건져 그는 빙글빙글 손가락으로 돌려보았다. 그는 눈을 감고 미르의 얼굴을 떠올려보았다. 하나, 둘, 셋. 속으로 숫자를 세고 눈을 뜨면 미르가 나타날 것이다. 그는 제 하는 짓이 한심하여 웃음이 새어 나왔다. 그래도 나쁘지 않은 기분이었다.

하나, 둘, 셋.

포근한 정적을 뚫고 바스락거리며 낙엽 부서지는 소리가 들려왔다. 휘지는 눈을 떴다. 머리부터 발끝까지 약한 바람에도 사정없이 살랑대는 얇은 천으로 몸을 감싼 여인이, 거기 서 있었다. 그를 바라보며 빙긋 단아하게 웃고 있는 여인의 눈동자는 푸른 가을 창공을 닮아 새파랬다. 그녀의 작은 입이 열렸다.

"다녀왔어요."

"어서 와요."

〈끝〉

작가의 말

내가 짊어진 상처가 당신이 떠안은 아픔과 마주한다면,
그건 정말 따뜻하고 멋진 일일 거야.

나는 어리고 미숙해서, 걸어온 길을 되짚어 돌아보면 언제나 비뚤배뚤 엉망이었다. 초라한 그 궤적은 가시가 많아서 의도치 않게 주변을 찔렀고, 나는 왈칵 울음이 나와 제자리에 주저앉아버렸다. 시간이 흘러 머리가 크고 철이 들었을 즈음에도, 발자국은 여전히 위태로워 어느새 더 나아갈 곳도 없이 늙고 병들어 있었다. 아, 그게 사람이구나, 이게 사람이었어.

얼마나 많은 나날, 나는 너를 상처 입혔고, 너는 또 나를 헐뜯었던 거니. 결국 되돌아보면 우리의 그림자는 똑

닮아 두 마리의 고슴도치였다. 그래서 나는 가시 돋친 너를 사랑했다. 나는 사랑했다. 두 마리의 고슴도치를 나는, 사랑했다. 내가 너였고 네가 나여서 나는 고슴도치를 사랑했다. 우리는 고슴도치여서 삐죽한 날을 뽑으면 세상 그 어디에도 없을 만큼 연하고 잔 생채기가 많았다. 우리는 고슴도치라서 서로를 사랑했다.

이 별에 태어나서,

이 별에 살아가는 조막만 한 사람으로 태어나서, 우리는 한 생애를 뒤죽박죽 뒤엉켜 살아갔다. 어느 날, 거울에 비친 지치고 피곤한 피사체를 보면 우리는 적이 아파 있었다. 그리하여 우리는 더욱 자신을 감추고 도망치다가 스스로에게 치여 풀처럼 시들어갔다. 시들어 죽어갔다. 그래도, 너라도 있어

앓는 나와 다친 네가 있어, 아픔을 공감하는 너라는 사람이 있어 또 나는 꽤 살아갈 만했다. 우리는 서로가 있어 살아볼 만했다. 네 가시가 내 가시를 뽑아, 우리가 피투성이가 되었을 때, 너와 나는 비로소 서로 마주하여 알게 되었다. 이건 정말이지, 멋지고 기적 같은 일이란 것을.

내가 짊어진 상처가 당신이 떠안은 아픔과 마주한다면,

　　　　그건 정말 화사하고 달콤한 일일 거야.

　은연중에, 사람은 끊임없이 누군가를 슬프게 하고, 또 스스로를 비통에 잠기게 했다. 그래서 어떤 날은 누군갈 이보다 더 비참할 순 없을 상황까지 떨어트렸고, 아무렇지 않은 얼굴로 넘어진 누군가를 일으켜 세우기도 했다. 결국, 서로를 흠내고 보듬어 치유하는 것은 사람이었다. 사람이었단 것을 우리는 알고 있다. 그리하여 『유성의 연인』에 등장하는 인물들 역시 여느 사람들과 마찬가지로 상대를 상처 입히고, 또 아물게 한다. 그게 나와 너라는 것을, 그래서 이 세상이 재미있다는 것을 나도, 그리고 이 책을 읽어주신 독자들도 동감하리라 생각한다.

　우연치 않은 기회로 참가하게 된 공모전에서부터 여기까지. 1년여의 시간 동안 부족하고 미흡한 자신과 마주하며 더 나아지기 위해 노력해왔다. 그럼에도 여전히 불완전한 자신을 바라보면, 매우 힘주어 단련하고 연마해야 됨을 뼈저리게 느끼곤 한다. 그리고 그것이 썩 나쁘지 않다는 사실을 매일 아침 새로이 깨닫곤 한다. 좋아하는 일, 하고팠던 일을 할 수 있는 지금, 나는 적잖이 행복하다. 더불어 아직 이 세상에 풀어가야 할 이야기가 무궁무진하여 나의 시간은 빠르게 똑딱인다.

　책을 출간하기까지 신경 써주시고 도움 주셨던 많은 분들께 감사드린다.

2014년 5월
주말의 끝자락에서

유성의 연인 2

© 임이슬, 2014

1쇄 인쇄일 | 2014년 5월 22일
1쇄 발행일 | 2014년 6월 10일

지은이 | 임이슬
펴낸이 | 정은영

펴낸곳 | 네오북스
출판등록 | 2013년 04월 19일 제2013-000123호
주　　소 | 121-840 서울시 마포구 서교동 396-33
전　　화 | 편집부 (02)324-2347, 경영지원부 (02)325-6047
팩　　스 | 편집부 (02)324-2348, 경영지원부 (02)2648-1311
E-mail | neofiction@jamobook.com
Home page | www.jamo21.net

ISBN　979-11-85327-53-2(04810)
　　　　　979-11-85327-51-8(set)

이 도서의 국립중앙도서관 출판시도서목록(CIP)은 서지정보유통지원시스템 홈페이지
(http://seoji.nl.go.kr)와 국가자료공동목록시스템(http://www.nl.go.kr/kolisnet)에서
이용하실 수 있습니다.(CIP제어번호: CIP2014015467)